Vom Krieg bis zur Wiedervereinigung

W. K.

Text: Werner Kurtz
Lektorat: Dipl.-Phys. Siynet Spangenberg-Bayer
Covergestaltung: Verlagshaus Schlosser
Satz und Layout: Verlagshaus Schlosser
ISBN 978-3-96200-578-8
Druck: Verlagsgruppe Verlagshaus Schlosser
D-85652 Pliening • www.schlosser-verlagshaus.de

Printed in Germany

Im Garten

Ein schöner Monat ist der Mai. Es grünt ringsum und viele hässliche graue Flecken verschwinden aus der Landschaft. Der Grundwasserspiegel ist nicht sehr hoch. Ein sicheres Zeichen dafür: Der Beton im Keller ist nicht mal feucht.

Ich bin im Osten Deutschlands geboren. Wir wohnten in einem kleinen Holzhaus direkt an der Kleinbahn. Da gab es eine Böschung, an der die Gleise lagen. Als kleiner Bub krabbelte ich einmal die Böschung hinauf und setzte mich auf die Gleise. Dort fuhr die Kleinbahn, ein sehr gemächliches Gefährt. Als die Bahn kam, störte mich das keinesfalls. Da die Strecke kerzengerade und eben verlief, konnte der Lokführer mich beizeiten sehen, ich sah auf und lächelte. Der Lokführer winkte und schrie, doch das war mir egal. Der Zug fuhr mit Schrittgeschwindigkeit, stellte also keine ernste Gefahr dar.

Er gab kein Signal, wollte mich wohl nicht erschrecken. Der Heizer stieg aus und hob mich von den Gleisen. Mutter sagte, sie habe alles von weitem beobachtet und das Signal gehört. Sie kam angerannt und holte mich sofort von der Böschung weg. Es war mir anscheinend viel zu hoch, um da hinunterzukriechen. Jahre später würde ich es mir genauer ansehen.

Als ich vier Jahre war, zogen wir in die Weinberge. Da gab es keinen Wein, aber kleine Hügel, die wir später mit Skiern hinuntersausten. Mutter sollte mir einmal erzählen, ich hätte mich zumeist im Garten aufgehalten. Drinnen hielt ich es nicht lange aus, denn einen Fernseher gab es nicht. Also hätte ich im Sandkasten gebuddelt, den Vater mit weißem Sand gefüllt hatte, sagte meine Mutter. Die Weinberge lagen circa drei Kilometer von der Stadtmitte entfernt. Wir wohnten wieder in einem Holzhaus. Es war etwas größer und unser Eigentum. Zwei Zimmer und ein Korridor, der zur Küche umgewandelt wurde. Die Toilette mit Auffanggrube war auf dem Hof.

Das Leeren der Grube übernahm Vater, denn die Karre, ein Eigenbau, war sehr schwer und zum Garten ging es ein wenig bergauf. Als Vater später zum Volksturm eingezogen wurde, musste ich das tun, was er immer erledigt hatte – so gut, wie ich es eben schaffte.

Auf der anderen Seite der Chaussee lag die Vaterlandsdank Siedlung. Ich denke, den Namen braucht man nicht zu erklären, er spricht selbst für sich selbst. Dort wohnte auch Frau Linde. Die Siedlung war nicht weit von uns, vielleicht zwei Kilometer. Bei Frau Linde holten wir Milch. Sie wurde in Milchkannen geholt.

Wenn ich meine Freunde traf, spielten wir Kannendrehen. Der Deckel einer Kanne wurde abgenommen und sie wurde ganz schnell gedreht, dabei durfte kein Tropfen Milch danebengehen, sonst hatte man verloren.

Es gab viele Kinder in der Siedlung. Bei uns zu Hause waren es vier.

Drei Jungs und ein Mädchen. Meine Schwester war am jüngsten, einer meiner Brüder war von der Kinderlähmung gezeichnet.

Uns gegenüber war Wald, Kiefernwald, der war unser zweites Zuhause. Zu verschiedenen Zeiten gab es Blaubeeren und Pilze.

Ich hatte immer Hunger und war für mein Alter ziemlich klein. Wir hatten Lebensmittelkarten, das Essen war knapp. Es wurden einzelne Abschnitte aufgerufen. Manchmal kam man zum Bäcker, wir hatten den aufgerufenen Abschnitt, aber es war nichts mehr da. Es war Krieg.An einem Sonnabend waren wir nicht zu zeitig aufgestanden. Wir frühstückten gegen 8 Uhr. Es gab aufgetoastete Knüppel, gekochte Eier und Bienenhonig. Dann ging ich in den Garten und hackte die Beete auf. Die Radieschen waren schon groß und wir würden bald die ersten ernten können. Bei Zwiebeln, Knoblauch und Zuckererbsen zeigten sich auch schon kleine Triebe.

Mittags gab es Fischfilet mit Dillsoße. Das Fischfilet hatten wir im Dezember gekauft. Da hatte es mal welches gegeben und wir hatten uns ein paar Kilo in die Tiefkühltruhe gelegt. Eine Flasche Muskateller rundete das Mahl ab. Nun ruhten wir im Liegestuhl, der im Halbschatten stand, ein wenig aus.

Über 30 Jahre wohnten wir nun schon hier. Es war wie eine Oase, aber eben auch mit viel Arbeit verbunden, die uns zumeist Freude bereitete, aber manchmal auch anwiderte.

Mein liebes Weib war schon eingeschlafen. Meine Augenlider wurden auch schon schwerer und schwerer. Der Amselhahn, der heute Morgen so schön gesungen hatte, war verstummt. Sicher würde auch er ein wenig schlummern. Es war Winter und wir schrieben das Jahr 1944. Am Rande einer kleinen Stadt stand ein Holzhäuschen,doppelwandig, in der Mitte mit Torf gefüllt. Der Morgen begann zu grauen und in der Siedlung war es noch ganz still. Im Haus brannte aber schon Licht. Mutter bereitete das Frühstück vor, sie kochte Mehlsuppe. Es gab Butterstullen mit Sirup und Malzkaffee. Obwohl seit langem alles rationiert war, ging es uns noch ganz gut. Wir hatten zwei Schweine im Stall, wovon nur eines gemeldet war, und eine ganze Schar Hühner gackerte auf dem Hof.

Gestern hatte Vater unseren Puter geschlachtet. Er wog 25 Kilo, ein schwerer Brocken, und war total verlaust. Pökelfleisch lag auch noch reichlich in den Fässern. Vater hatte gute Beziehungen aufs Land. Er sagte immer: „Ist der Handel noch so klein, so bringt er doch mehr als Arbeit ein.“

Er arbeitete in der Fabrik für 40 Mark die Woche. Das war für eine sechsköpfige Familie sehr wenig Geld, da musste man noch etwas nebenbei machen. Der Garten war sehr klein und es wuchs nur sehr wenig auf dem märkischen Sand.

Nun kam Leben ins Haus. Vater war aufgestanden und brabbelte vor sich hin: „Es hat schon wieder geschneit, hättest mich eher wecken können, da kann ich ja nicht mit dem Fahrrad fahren.“ „Du hast noch genug Zeit“, meinte Mutter. „Der Große kann Schnee fegen und um die Tiere kümmere ich mich ja, bis auf das Ausmisten, schon lange selbst.“ Vater brummte noch etwas wie „immer diese Meckerei“ und schlürfte die Mehlsuppe mit viel Behagen. Er packte die Blechstellenbüchse in die von Ratten durchlöcherte Tasche und ging los. Nun mussten die Kinder geweckt werden. Es war kühl im Haus. Die einfachen Fenster waren zugefroren, aber unter den Federbetten war es schön warm und wir Kinder hatten überhaupt keine Lust, aufzustehen. Ich war der Große, aber in Wirklichkeit nur der Älteste, weil mit 1,40 Metern eher klein gewachsen. Ich zog mich schnell an, denn auf mich warteten schon viele Pflichten. Dann kamen auch meine beiden Geschwister. „Die Mehlsuppe muss gegessen werden“, meinte Mutter, doch die Sirupstullen schmeckten viel besser. Den Sirup machten wir selbst. Zuckerrüben wurden gewaschen, in Würfel geschnitten und gekocht. Dann drückten wir sie durch ein Tuch und fingen den Saft auf. Dieser Saft wurde in einem Waschkessel so lange gekocht, bis er eingedickt und braun war. Leider wurde die Masse beim Kochen immer weniger. Die Rüben holte Vater aus dem Oderbruch.

Ich bummelte beim Essen. Die Mutter meinte: „Du musst noch Schnee fegen, die Hühner füttern und in der Waschküche nachlegen, damit das Schweinefutter kocht.“

Ich hörte die Mahnung kaum. Die Mehlsuppe schmeckte mir nicht, ich dachte an die Schule. Heute hatte ich wieder Bio. Beim letzten Mal hatte mich der Lehrer verdroschen, dabei war nur ein Klecks in meinem Heft. Der

Lehrer rief mich nach vorn, kniff mit Daumen und Zeigefinger in beide Wangen und schlug mir dann plötzlich ins Gesicht. Es tat sehr weh, doch ich hatte nicht geheult. Er nannte das den Scheinangriff. Solche Angriffe wiederholten sich je nach Laune des Lehrers mehrere Male in jeder Stunde. Anlässe fanden sich immer und es traf, mit Ausnahme von wenigen, die meisten Schüler. „Nun lass die Suppe schon stehen und iss deine Stulle", hörte ich wie aus der Ferne. Sofort schob ich den Teller beiseite und ein wenig Suppe schwappte auf den Tisch. Mutter war mit den „Mitnehmstullen" für die Schule beschäftigt. Noch an der Stulle mit Wohlbehagen kauend, ging ich auf den Hof. Den Schneeschieber fand ich im Holzstall. Er roch noch angenehm nach Harz. Vater hatte den Stall erst kürzlich zusammengenagelt. Es waren mindestens zehn Zentimeter Schnee gefallen. Der Schneeschieber war ziemlich schwer. Nass war der Schnee und ließ sich schwer zu Hauff schieben. Es war mir, als ob ich gegen eine Mauer arbeiten musste. Ich stellte nur schmale Verbindungswege her, vom Hauseingang zum Misthaufen auf dem Hof, dann zur Gartentür, zum Plumpsklo und zuletzt außen am Zaun entlang. Mutter meinte, wenn wir draußen den Schnee nicht räumen würden, müssten wir Strafe zahlen. Der Schupo, der mit dem Tschako auf dem Kopf morgens und abends die Straße entlangging, kassierte sofort, wenn nicht alles in Ordnung war.

Nun noch ein Maß Körner für die Hühner und ein paar Scheite Holz in den Waschküchenofen.

Ich war fertig. Mutter kam mir schon mit der Mappe entgegen. Sie rief: „Junge, beeil dich doch, es ist höchste Zeit.“ Da kamen auch schon Herbert und Helmut.

Bis zur Schule waren es viereinhalb Kilometer zu laufen. Unterwegs machten wir mit den Mädchen noch eine Schneeballschlacht. Die Klasse hatte sich, als wir ankamen, schon aufgestellt und der Lehrer kam gerade aus dem Haus. Schnell reihten wir uns ein.

Der Lehrer hatte eine braune Uniform an. Vater sagte mir, das sei die Uniform der SA. Dieser Lehrer hatte uns erzählt, dass er aus gesundheitlichen Gründen nicht an die Front könne, obwohl er gern für das Vaterland in den Krieg ziehen würde. Er war bei den Fliegern gewesen und bei einem Abschuss verwundet worden. Auf ihn waren wir sehr stolz. Er schlug uns nie.

Wenn ihn einer von uns nach seinem Flugzeugtyp fragte, erzählte er uns die ganze Stunde von seiner Zeit als Jagdflieger. Das war so spannend, dass wir wie gebannt auf unseren Plätzen saßen. Alle Augen waren auf ihn gerichtet, in der Klasse war es mucksmäuschenstill.

Plötzlich heulte eine Sirene – Fliegeralarm. Alle strömten in die Keller. Wir standen dicht an dicht und lauschten. Es dauerte nicht lange und es näherte sich ein Brummen. „Bomber“, sagte ein älterer Herr, der dicht bei uns stand. „Amis oder Tommis, die kommen von Westen. Sie fliegen sehr hoch, damit sie die Flak nicht erreicht“, erklärte ein anderer. „Sie sind nicht für uns bestimmt“, meinte ein Soldat, der ganz in der Ecke stand. Es dauerte auch nicht lange und es kam Entwarnung.

Wir gingen in die Klasse zurück, die erste Stunde war vorbei. Es klingelte.

Das Rotgesicht, unser Bio-Lehrer, betrat den Raum. In strammer Haltung warteten wir auf ein Zeichen. „Setzen!“ Wir rutschten seitlich in die Bänke. Das Gesicht des Paukers war durch den Frost noch stärker gerötet. Die Augenbrauen waren buschig wie zwei Zahnbürsten, die Ohren standen so ab, als ob er jeden Moment lossegeln wollte. Die Augen blitzten aufgeregt, es sah so aus, als ob er schon wieder ein Opfer suchte. Auf der Straße schleppten die Leute auf Fahrrädern Kohle nach Hause. Es musste wohl gerade wieder eine Zuteilung gegeben haben.

Uns wurden die Kohlen vom Kohlenhändler angeliefert.

Die Pferde mussten sich mühsam auf dem Sandweg mit dem schweren Wagen vorwärts quälen.

Der Pauker strafte, in üblicher Manier, Manfred ab. Er hatte seine Hausaufgaben nicht ordentlich erledigt. Seine Eltern hatten einen Bauernhof und sein Vater überhaupt keinen Sinn für die Schule. „Rechnen“, sagte er, „musst du lernen, ein wenig Schreiben wäre auch ganz gut, aber Biologie …, was du da brauchst, kannst du bei mir lernen. Wenn du mit der Natur auf du und du stehst und mir bei der Arbeit auf die Finger schaust, wirst auch du ein guter Bauer.“

Gewöhnlich ließ der Pauker ihn in Frieden, denn sein Vater schickte ab und an mal was mit in die Schule. Das hatte aber in den letzten Wochen der Mathelehrer abgegriffen, denn von ihm hatte Manfred schon zwei Fünfer eingefangen. Es war auch nur, wie jeder bemerkte, ein Scheinangriff und er kniff ihn auch nur leicht in die Wange. Ich dachte: „Was könnte denn mein Vater dem Lehrer zustecken? Eigentlich nichts. Wenn man arm ist, muss man wohl Prügel kriegen.“ Dann hatten wir Sport und Deutsch. Im Fach Deutsch kam eine Vertretung, eine ganz junge hübsche Lehrerin.

Sie teilte auch die Diktate aus. Horst hatte auf zwei Seiten 11 Fehler.

Sie meinte, das sei eine tolle Leistung. Ich spürte, wie mir das Blut vor Scham in den Kopf stieg. Nun ging es wieder nach Hause.

Die letzte Stunde war ausgefallen, da hatten wir Zeit. Auf halbem Wege gab es wieder Fliegeralarm. Wir suchten uns unter den Bäumen im Wald einen günstigen Platz und warteten, bis die Flugzeuge kamen. Der Himmel war wolkenlos, da schrie Helmut: „Sie kommen, sie kommen.“ Von der Sonne angestrahlt, glitzerten sie silbrig. Sie flogen so hoch, dass sie wie Spielzugflugzeuge aussahen. Zu Hause nahm Vater immer ein Fernglas und stellte die Nationalität fest. Es handelte sich in der Regel um Amis oder Tommis.

Der Fliegeralarm hatte auch etwas Gutes. Wir hatten, wie schon gesagt, immer zwei Schweine im Stall, wovon nur eins gemeldet war. Wenn wir schlachteten, mussten wir die Lebensmittelkarten abgeben.

Das zweite Schwein wurde aber schwarz geschlachtet. Dafür eignete sich der Fliegeralarm. Alle saßen in den Kellern und Vater konnte in Ruhe „der Sau das rote Halsband umlegen“, wie er sagte.

Sie brummten immer noch über uns hinweg. „Ob sie Bomben abwerfen?“, raunte mir Helmut zu.

„Ach wo“, meinte ich. „Hier im Wald steht doch die Flak, die uns beschützt.“ Große Holztürme, die über die 80-jährigen Kiefern hinwegragten, hatten die Soldaten gebaut. Vater hatte sagte: „Ganz oben steht die Flak.“ Wir waren aus Neugier schon einmal die Holzleiter ein Stück hinaufgeklettert, doch da hatte man uns erwischt und zurückgeschickt. Herbert rief: „Es kommen ganze Scharen von Flugzeugen.“ „Das sind keine Scharen“, belehrte ich ihn. „Es sind Staffeln. Mein Vater war auch mal bei den Fliegern und von ihm weiß ich das. Er fuhr ein großes Motorrad, eine 750er BMW. Es war unsere eigene Maschine. Vater war sehr traurig, als er aus Altersgründen entlassen und seine Maschine ersatzlos requiriert wurde.

Oft hatte er vom Fliegerhorst Küchenabfälle für die Schweine mitgebracht. Ich hatte ihn auch öfter mit Mutter besucht. Da waren Bomber und Jäger zu sehen gewesen.“

Letztes Jahr war ein amerikanischer Bomber mitten auf dem Feld gelandet. Er habe dort notlanden müssen, erzählten die Leute.

Wir badeten im See und sahen ihn auf dem Rückweg dort stehen. Sofort liefen wir hin, niemand war bei der Maschine zu sehen. Als wir auf die Tragflächen kletterten, wurde plötzlich die Tür aufgeschoben. Ein Schwarzer stand lachend in der Tür und winkte uns zu. Wir waren zu Tode erschrocken und rannten weg.

Als wir uns umsahen, bemerkten wir, dass er überhaupt nicht hinterherkam, sondern sich auf die Türschwelle setzte und erneut winkte. Er sprach ganz komisch, wir konnten kein Wort verstehen. Dann sagte er „Schokolade, Schokolade“ und reichte uns etwas. Als wir immer noch zögerten, wickelte er es aus, biss ein Stück ab und brummte genüsslich. Die Neugier hatte uns übermannt.

Wir gingen hin und alle bekamen reichlich Schokolade. Schnell verstauten wir sie in unseren Hosentaschen. Dann hob er uns ins Flugzeug. Da waren noch mehrere Weiße. Sie sahen ganz blass aus. Im Flugzeug standen viele Bomben. Plötzlich gab es laute Geräusche, es kamen viele Soldaten. Wir mussten aus dem Flugzeug, die Soldaten mit der komischen Sprache nahmen sie mit. Die Schokolade wurde zwischen den Geschwistern gerecht geteilt und alle hatten sich über das Schokoladen-Flugzeug gefreut.

Entwarnung, wir gingen weiter. Auf dem Platz vor unserem

Haus standen Wehrmachtautos, auch SS war dabei. Der in der Nähe gelegene Wald war auch voller Soldaten.

„Da bist du ja endlich, Horst“, meinte Mutter, „ich war schon in Sorge.“ „Es war doch Fliegeralarm“, entschuldigte ich mich. „Du musst mit Jakob nach Lehm fahren.“ Jakob nannten wir den Ukrainer, der bei uns arbeitete. „Vater will den Waschküchenherd neu setzen.“ Jakob war immer freundlich. Er sprach schon ein wenig Deutsch. Ich übte jeden Tag mit ihm, wenn er zu uns kam. Vater sprach mit ihm Russisch. Das hatte er als

Kind mal gelernt. Jakob holte den Gummiwagen, der so hieß, weil er mit Motorradreifen bestückt war, aus dem Schuppen.

Der Wagen bestand aus einem Kasten mit einer Achse und zwei Rädern von einem Motorrad. Zum Ziehen diente eine Schere, wie wir zu sagen pflegten. Sie bestand aus Robinie oder Akazie. Jakob legte die Schippe und den Spaten in den Wagen, ich kletterte hinein und ab ging es. Bis zu den Lehmbergen brauchte man eine halbe Stunde. Das letzte Stück ging es steil bergan. Ich stieg aus und lief nebenher. Jakob kratzte den Schnee beiseite, der Lehm war etwas gefroren. Mit dem Spaten wurde die gefrorene Schicht durchbrochen. Nun war das Loch groß genug und Jakob schippte den Lehm in den Wagen. Er machte ihn nur halb voll, denn der Lehm war sehr schwer.

Jakob war Kriegsgefangener und wohnte im Lager, ganz in der Nähe der Siedlung. Er war so ungefähr 35 Jahre alt, hatte einen kugelrunden Kopf, blondes Haar, freundliche ehrliche Augen, einen kräftig gebauten Körper und war glatt rasiert, was mir nicht gefiel, denn Vater trug einen Schnauzbart.

Die Leute aus der Siedlung konnten sich an den Wochenenden Gefangene ausborgen. Sie waren für sie verantwortlich und mussten sie am Sonntagabend wieder zurückbringen.

Die Gefangenen durften nicht alleine auf die Straße gehen, es musste immer jemand aus der Familie dabei sein, was ich nicht begreifen konnte.

Vater sagte immer: „Jakob hat es gut bei uns. Er läuft nicht weg und er darf sich auf dem Grundstück so bewegen, wie er will.“

Er sprach sehr wenig, hatte einen gesegneten Appetit, keine Arbeit war ihm zu schwer. Nur schade, dass er unsere Sprache nicht verstand. Ich hätte mich gerne etwas mehr mit ihm unterhalten. Gern war ich mit ihm zusammen, weil er immer so fröhlich war.

Die Ukraine, aus der er kam oder von der er vielmehr hierhergebracht worden war, sollte sich in Russland befinden.

Es war das Schwarzredegebiet. Dort, so sagte man, wuchs viel Getreide. Manchmal kam beim Fleischer auch Fleisch aus Russland an, in großen Kisten verpackt, die wir uns zum Spielen holten.

Es kamen Räder unter die Kisten, die von alten Kinderwagen abgebaut wurden, und dann fuhren wir damit den Berg hinunter. Bremsen war nicht möglich und so kippten wir auch manchmal um oder steuerten, wenn uns etwas entgegenkam, einfach in den Straßengraben.

In der Woche arbeitete Jakob in der Fabrik. Eines Abends hörte ich, wie Vater sich mit Mutter unterhielt.

Sie meinten bestimmt, wir würden schon schlafen, sprachen aber trotzdem ganz leise. „Die Gefangenen“, meinte Vater, „werden in der Fabrik gequält. Ich hab es jedoch erreichen können, dass Jakob in die Gießerei gekommen ist. Die Arbeit ist dort zwar schwer, aber der Schieber ist ein guter Mensch, der den Gefangenen kein Leid zufügt.“ Mutter meinte, dass dies eine gute Idee gewesen sei, mahnte aber Vater zur Vorsicht. Er wisse doch, wie die SS reagiere.

Auf meine Frage, warum diese Menschen im Lager seien, sagte Vater: „Das wird schon seine Richtigkeit haben, der Führer weiß schon, was er will.“ An seinen Augen konnte ich jedoch erkennen, dass das nicht seine ehrliche Meinung war. Sicher war es das Klügste, so auf meine Frage zu reagieren, denn da waren viele Ohren, die für den Führer lauschten.

Im Schnee gab es viele Fährten. Auch vom Fuchs war eine dabei. Er hatte seinen Bau in den Lehmbergen. Ich hatte ihn schon einmal gesehen, das war im Sommer gewesen. Er hatte Mäuse im Fang. Als ich das dem Förster erzählte, der ab und an zu uns zu Besuch kam, hatte der gemeint: „Er wird Junge gehabt haben.“ So ein Fuchsbau hat viele Ausgänge, das sind Fluchtwege für den Fuchs.

Drei Ausgänge hatte ich bereits entdeckt. Es musste aber noch mehr geben, denn an diesen waren, obwohl nun schon Schnee gefallen war, keine Fährten zu erkennen. Ich musste die anderen noch finden. Jakob rief: „Wir müssen zurück nach Hause.“ Den Berg hinunter mussten wir tüchtig bremsen. Nun würde es noch kälter werden. Holz hatten wir genug. Auch Rohbraunkohle lag im Schuppen, in großen Stücken, die immer erst mit dem Beil zerhackt werden mussten, ehe sie in den Kachelofen passten. Der Kachelofen war schon ziemlich alt, aber noch gut.

Wenn noch ein wenig Schnee fiele, könnten wir Ski laufen gehen. Vater hatte mir ein paar alte Stiefel besorgt, die ich zum Skilaufen anziehen könnte. Die Skier hatte ich schon lange. Wo sie eigentlich her waren, wusste ich nicht. Sie hatten sicher auch keine besondere Qualität. Der Nachbar neckte mich immer und sagte, sie sähen aus wie Tonnenbretter, worüber ich mich natürlich sehr ärgerte. Deshalb waren sie sicherlich auch für das Winterhilfswerk nicht zu gebrauchen, denn die hatten nur den Rodelschlitten mitgenommen, worüber ich sehr traurig war.

Nun wurden die Kohlen auch nicht mehr gebracht, und wir mussten sie selbst abholen. Das passierte auch mit dem Gummiwagen, doch in die Stadt durfte Jakob nicht mit.

Vater und Mutter hatten keine Zeit, also musste ich sie holen.

Der Kohlenhändler schüttete mir die Kohlen, nachdem er sie abgewogen hatte, in den Gummiwagen. Als ich einmal auf halbem Wege müde wurde, kippte ich den Wagen nach hinten, um mich ein wenig auszuruhen. Dabei rutschte ein Teil der Kohlen nach hinten und so sehr ich mich auch bemühte, ich konnte die Schere nicht mehr nach unten drücken. Ich hing daran und meine Beine baumelten über dem Boden.

Aus Wut, dass ich es nicht schaffte, heulte und wetterte ich vor mich hin.

Ein Mann auf der anderen Straßenseite sah mein Bemühen, kam über die Straße und drückte wortlos die Schere herunter. Es staubte ein wenig und die Kohlen kamen in die richtige Lage, so dass das Gleichgewicht wiederhergestellt war. Ich bedankte mich. Er brummte: „Wo sind wir nur hingekommen, dass die Kinder sich derart schinden müssen?“ Den Ziehgurt über der Schulter zog ich die Last nach Hause. Mehrere Male musste ich noch anhalten, um etwas zu verschnaufen, aber den Wagen kippte ich nicht mehr hoch. Mutter war froh, dass ich es geschafft hatte. Wenn ich nach Hause käme, so hatte ich es mir ausgemalt, würde es sicher schon schön warm in der Stube sein. So war es auch. Mutter hatte den „Grünen“, so nannte ich den Kachelofen, angeheizt.

Er war schön bunt. Es gab grüne Kacheln in verschiedenen Farbabstufungen, aber auch andere Farben waren vertreten. Manche Kacheln waren glatt, einige gemustert, auf anderen waren auch Figuren zu erkennen. Der Ofen war sicher mal aus vielen anderen Öfen gebaut worden, aber die Wärme hielt er gut. Es war schön, wenn man von draußen kam und sich mit dem Rücken so richtig ankuscheln konnte. Dann fühlte man genau, wie die Wärme in den Körper drang und einem bis in die Fußspitzen zu einem wonnigen Gefühl verhalf.

Die Fenster waren zur Hälfte mit Decken verhangen, damit es nicht zu sehr zog.

Doch zurück zu dem Tag, an dem ich mit Jakob Lehm holte. Ich öffnete das Tor. Jakob schob den Wagen unter das Schleppdach, holte einen Eimer und trug den Lehm in die Waschküche, damit er nicht gefrieren würde.

Im Zimmer duftete es behaglich.

Mutter hatte Äpfel aus der Miete geholt und sie brutzelten in der Ofenröhre. Mit leichtem Zischen rollten sie hin und her. Wenn sie nur schon fertig wären, dachte ich. Vater las, er schaute mich über die Brille fragend an. Ich verstand sofort und sagte: „Der Lehm liegt in der Waschküche.“ Jakob hackte noch Holz. Ich wusch mir die Hände und begann mit den Schularbeiten.

Vater zog seine dicke wollene Jacke an, setzte seine Mütze auf und ging auf den Hof. Mutter bereitete das Abendbrot zu.

Wir Geschwister stritten uns um einen Teddy. Es war der einzige, den wir hatten. Er hatte auch schon tüchtig gelitten. Ein Auge fehlte ihm, das eine Ohr war abgerissen, aus dem Bauch kamen schon an mehreren Stellen die Sägespäne heraus und die Holzwolle lugte auch schon an den Beinen hervor. Trotzdem wollte ihn gerne jeder haben. Mit den Schularbeiten ging ich zu Mutter. Sie wischte sich die Hände an der Schürze ab, nahm das Heft in die Hände und kontrollierte die Aufgaben. „Es ist alles richtig“, sagte sie, „doch die Schrift, die Schrift, da müsstest du dir ein bisschen mehr Mühe geben.

Decke bitte jetzt den Tisch, Vater wird gleich reinkommen und wir können essen.“ Es gab Pellkartoffeln, Quark und Leinöl. Eine große Kanne Kräutertee stand dampfend auf dem Tisch.

Wir tranken aus Blechtippeln. Die waren größer als Tassen, bestanden aus emailliertem Blech und wenn sie mal herunterfielen, gingen sie nicht gleich entzwei. Die Emaille war bei einigen schon tüchtig ramponiert.

Mutter meinte: „Solange sie nicht auslaufen, sind sie in Ordnung.“ Es gab ja wohl auch nichts anderes zu kaufen und Geld hatten wir ohnehin nicht viel.

Mutter hatte die Pellkartoffeln auf den Tisch geschüttet, so kühlten sie schneller ab. Nun saßen wir alle in der Runde, Jakob war auch dabei. Kartoffeln und Quark waren genug da. Den Quark hatte Mutter selbst gemacht.

Das Leinöl war ziemlich knapp. Mir war es ohnehin zu bitter.

Mutter meinte, ich müsse es essen, aber mir schmeckte es nicht. Der bittere Geschmack kam daher, dass es schon sehr alt war, aber gesund sollte es wohl sein.

Wenn Vater die Karnickelböcke kastrierte, nahm er auch immer etwas Leinöl, damit die Wunden schneller heilten, und den kleinen Böcken war es gar nicht anzusehen, dass sie beschnitten worden waren. Also musste das mit dem Leinöl wohl stimmen.

Die Kartoffeln hatten wir direkt aus dem Dorf. Im Garten hatten wir auch welche angebaut, aber die waren schon längst aufgebraucht.

Vater hatte einem Bauern bei der Ernte geholfen und als Lohn Kartoffeln erhalten. Einkellerungskartoffeln gab es auch und den Rest stoppelten wir. So war der Keller auf dem Hof bis zum Rand gefüllt. Ich durfte auch mit ins Dorf. Da aß ich zum ersten Mal Schinken. Der kam vom Schwein. Das wusste ich eigentlich schon, denn wir schlachteten ja auch selbst, nur wurde bei uns alles eingeweckt. Ich genoss ihn richtig.

Frank wohnte im Dorf. Er könne immer Schinken essen, wie er mir sagte. Wir wurden schnell Freunde. Er zeigte mir alles auf dem Hof und in den Ställen. Die Schweine quietschten und es stank.

Am niedlichsten waren die kleinen Kälber. Sie hatten so schöne Gesichter und samtweiches Fell. Ich streichelte sie gerne.

Auf der Weide hängten wir uns an die Schwänze der größeren Kälber. Die rannten dann vor Schreck los und wir ließen uns auf dem nassen Gras ein Stück mitschleifen.

Das war ein Heidenspaß, aber der Bauer durfte es nicht sehen. Sie hatten auch einen Eber, der hieß Bruno und wog acht Zentner, wie uns der Bauer erzählte. Die kleinen Ferkel gefielen mir auch sehr. Sie waren rosarot und tollten auf der Sau herum, die im Stall auf der Seite lag. Es waren zwölf Stück an der Zahl. Wir kauften auch zwei Ferkel, aber die waren schon etwas größer. Ich fand es schade, dass sie nicht so klein bleiben würden, sie waren doch so niedlich.

Im Keller standen Steintöpfe mit Kuhmilch. Ich war mit Frank unten. Oben auf der Milch hatte sich die Sahne abgesetzt. Frank sah mir wohl an, was ich dachte, als ich auf die Sahne starrte. „Komm schnell aus dem Keller“, raunte er mir leise zu, damit uns aus der Küche nebenan niemand hörte. Eine große Küche war da im Keller, die Wände weiß gekachelt und der Fußboden mit Backsteinen gepflastert. Auf dem Herd standen große Töpfe und Pfannen.

„Wie kann ich nur an die Sahne kommen, ohne erwischt zu werden?“, dachte ich. Fenster und Türen waren fest verschlossen, damit die Katzen nicht hineinkamen. „Ich hab's", sagte ich plötzlich laut vor mich hin. Frank schaute mich ganz erschrocken an. „Was hast du? Ist dir nicht gut?" „Weißt du, ich habe eine Idee." „Na und?"

„Wir können doch die Schuld auf die Katzen schieben." Nach dem Mittagessen war es meine Aufgabe, mit den Resten den Hund und die Katzen zu versorgen. So gewöhnten sie sich schnell an mich. Morchen, der dicke schwarze Kater, der einen Kopf so groß wie eine mittlere Kohlrübe hatte, kam mir gleich entgegen. Er war schon alt, das Fell an manchen Stellen ergraut und Mäuse konnte er schon lange keine mehr fangen. Wenn er gefressen hatte, legte er sich auf der Tenne ins Stroh und schlief bald ein. Selbst wenn man ihn streichelte, wachte er nicht auf. Nur wenn es Zeit für die Mahlzeiten war, war er hellwach und darauf bedacht, auch ein paar Bissen abzubekommen. Die jüngeren Katzen hatten, obwohl er ihnen sicherlich nichts mehr tun konnte, Respekt vor ihm. Wenn es sein musste, fauchte er sie auch an, aber dieses Fauchen war recht kraftlos.

Nero, das war der große schwarze Hund, zerrte auch schon hungrig an der Kette, so dass man dachte, er würde sie zerreißen. Er bekam die dicksten Knochen, denn die Katzen konnten damit sowieso nichts anfangen. Sofort schnappte er sich einen und kroch in die Hütte. Nach einer Weile schlichen wir uns in die Scheune.

Da lag Morchen auf der Tenne und schlief. Ich nahm ihn auf den Arm, er blinzelte mit nur einem Auge und schlief schnurrend weiter. An die Mauer des Stalles gedrückt, schlichen wir über den Hof und huschten in den Keller. Jetzt labten wir uns tüchtig an der Sahne. Sie schmeckte so gut, dass man alles vergaß. „Nun ist es genug“, meinte Frank, „sonst erwischt uns noch jemand.“ Den Kater legten wir auf die Treppe, die nach oben führte. Als wir am Stall vorbeihuschten, hörten wir Eimer klappern. Es wurde gemolken. Von der Tenne, auf der wir es uns gemütlich gemacht hatten, konnten wir durch die Astlöcher der Bretter über den Hof schauen und den Hauseingang, von welchem auch die Kellertreppe abging, genau beobachten.

Jetzt trug die Magd die Milch in den Keller. Wie ein Pfeil kam der alte Kater plötzlich aus dem Hauseingang geschossen. Ein Pantoffel flog hinter ihm her und die Magd erschien kreischend.

„Horst, du musst dich mit dem Essen beeilen, die anderen sind schon fertig“, drang Mutters Stimme an mein Ohr. Schnell pellte ich mir zwei Kartoffeln, streute Salz in das Öl, das sich in der Mitte einer Kuhle im Quark befand, und schlang alles mit Verachtung hinunter. Die Sahne ging mir nicht aus dem Kopf.

Nun war es schon dunkel und Vater brachte Jakob ins Lager. Ich konnte nicht einschlafen. Die Gefangenen im Lager sangen ganz laut. „Wie können sie nur singen, wenn sie traurig sind, und das sind sie doch bestimmt?“, fragte ich mich. Viele Ältere waren dabei. Ob sie auch Kinder hatten? Gesehen hatte ich noch nie welche. Dort waren nicht nur Ukrainer, es gab auch Franzosen, Italiener, Serben und Polen. Die Franzosen bauten viel Kinderspielzeug. So kleine Hähne, die man an einem Stock auf Rädern hinter sich herziehen konnte und die sich durch die Bewegung der Räder, an welchen eine Verbindung zu den Flügeln angebracht war, bewegten, als ob sie wegfliegen wollten. Sie hatten diese ganz bunt angemalt. Ich hatte noch nie lebende Hähne gesehen, die so bunt waren.

Aus dem Nebenzimmer hörte ich noch die Stimmen von Vater und Mutter. Sie unterhielten sich. Worüber, das konnte ich nicht hören.

Mutter hob mich aus dem Bett. Ich erschrak sehr und war sofort munter. Sie schimpfte. Es sei schon höchste Zeit und sie habe mich schon mehrmals geweckt. Das Zimmer war total ausgekühlt. An den Fenstern glitzerten dicke Eisblumen. Ich zog mich schnell an, machte das Gesicht mit zwei Fingern ein wenig feucht und ging ins Zimmer.

Dort stand schon das Frühstück. Es gab Eingebrocktes. Das bestand aus Malzkaffee, in den Zucker gestreut und Brot hineingebrockt wurde.

„Die Mitnehmstullen sind schon im Ranzen“, meinte Mutter.

In der zweiten Unterrichtsstunde erschien der Direktor. „Ein ehemaliger Lehrer unserer Schule ist an der Front gefallen“, erklärte er und umschrieb mit viel Gestik, wie wichtig es sei, für das Großdeutsche Reich in den Krieg zu ziehen. Es sei eine Ehre, für Volk und Vaterland zu sterben. Die bolschewistische Gefahr beschwor er ebenfalls. Ich konnte überhaupt nichts verstehen.

Dass Krieg war, wusste ich, denn es gab ja alles nur auf Zuteilung. Wenn ich Vater fragte, warum Krieg sei, sagte er: „Das ist eben so."

Vielleicht durfte er auch nicht mehr sagen, denn überall waren große schwarze Männer an die Wände gemalt und daneben stand: „Pst, Feind hört mit."

Wahrscheinlich war der Feind überall und nicht nur an der Front. Mein Onkel hatte mir ein Buch mitgebracht, in dem Russen abgebildet waren. Sie sahen schrecklich aus. Der Direktor sagte ja auch, es seien Untermenschen. Sie hätten Messer im Mund und würden alles ermorden, was sich ihnen entgegenstellte. Der Direktor sprach auch von der Wunderwaffe. Mit der, so habe es der Führer gesagt, würden wir es ihnen schon zeigen. Ein Glück, dass Jakob ein Ukrainer und kein Russe war. Mutter hatte mal gesagt, wenn der Krieg aus sei, würden wir wieder Schokolade und Bonbons bekommen. Ab und an erhielten wir ein paar Stückchen Kandiszucker, aber richtige Bonbons waren natürlich etwas anderes.

Der Direktor redete nun was von Heldentum und ehrendem Gedenken und vom Eisernen Kreuz erster Klasse. Meinetwegen hätte er noch länger sprechen können, denn das war immer noch besser als Unterricht. Nach der Pause hatten wir Deutsch.

Das war ein Fach, das mir überhaupt nicht lag. Die Rechtschreibung war mein Hauptfeind, Zu Hause schrieb Mutter alles. Sicher hatte Vater auch Schwierigkeiten mit der Rechtschreibung, bestimmt hatte ich das geerbt.

Heute würde die Lehrerin Diktate zurückgeben. Na, ich hatte mich ja tüchtig angestrengt. Ab Note vier gab es Prügel mit dem Rohrstock. Die Lehrerin betrat die Klasse. Fred trug ihr die Hefte. Verheißungsvoll richtete sich sein Blick auf die Hefte, die die Lehrerin sauber auf dem Lehrertisch aufstapelte. Sie hieß Kisewetter und hatte einen großen lilafarbenen Hut auf.

Alles andere sah ich nicht, so aufgeregt war ich. Langsam öffnete sie den Schrank mit den Fingerstöcken und legte einige auf den Tisch. Auch der Rohrstock fand seinen Platz, so dass er uns als Warnung förmlich ansprang. Sie blickte von einem zum anderen, als ob sie die Einzelnen schon kennzeichnete und die Schläge bereits geistig platzierte. Ich fühlte, dass ich auch wieder fällig war. „Wenn ich wenigstens ein paar dickere Hosen hätte“, dachte ich. Aber meine waren schon ein paar Mal rausgelassen. Bevor sie im Bund passten, würden sie wohl hin sein.

Zuerst wurden die Schüler mit den guten Noten, null bis drei Fehler, aufgerufen. Bei manchen gab es einen strafenden Blick wegen der Schrift, aber das tat ja nicht weh. Nun begann die Arbeit mit den Fingerstöcken. Die Hände mussten flach auf den Katheder gelegt werden und die Paukerin begann mit dem Verdreschen. Wer die Finger wegzog, bekam noch einen Nachschlag. Bei jedem Schlag fuhr es mir durch den ganzen Körper, obwohl ich noch gar nicht dran war.

Am liebsten wollte ich aus dem Fenster springen.

Mein Herz schlug so laut, dass die Paukerin mich wohl bereits gerufen hatte, ohne dass ich es gehört hatte. Herbert stieß mich mit dem Ellenbogen in die Seite: „Los, nach vorne." „16 Fehler", verkündete sie und ließ den Rohrstock nur so durch die Lüfte sausen. Erst jetzt bemerkte ich, dass einige Schüler heulten. Also musste es wohl schon ziemlich viel Senge gegeben haben. Ich würde nicht heulen, das hatte ich mir geschworen. Mein Vater schlug mich nie. Bei Mutter war ich mir nie sicher. Ich hatte auch schon mal was mit dem Feuerhaken abbekommen. „Leg dich über den Stuhl", hörte ich die Stimme der Lehrerin und ich tat, was sie sagte.

Als ich auf meinen Platz ging, brannte es fürchterlich, doch ich heulte nicht. „Tat es sehr weh?", fragte mich Herbert. Ich nickte nur. Es klingelte zur Pause. Stullen hatte ich an dem Tag keine, aber großen Hunger. Ich hatte meine Stullen Kotschi geben müssen, der war viel älter als wir. Wenn wir ihm die Stullen nicht gaben, verdrosch er uns mörderisch. Dafür nahm er uns ab und zu mit seinem Fahrrad mit.

Den ganzen Tag hatte es geschneit, alles sah so schön sauber aus. Nach der Schule ging ich in die Lehmberge. Die drei Ausgänge des Fuchsbaus waren unbenutzt. Ob er etwa ausgezogen war? Schon unten am Berg fand ich eine Fährte. Offenbar war der Fuchs direkt in die Lehmberge geschnürt. Es war schon dunkel. Ich stand ganz still hinter einem dicken Baum, in Richtung der Fährte spähend.

Da kam Reinicke ganz dicht an mir vorbei. Der Mond lugte für einen Moment hinter den Wolken hervor. Jetzt war es ganz kurz taghell und ich konnte den Fuchs ganz genau sehen. Ein großes Tier mit einem prächtigen Fell. Er musste schon einige Jahre auf dem Buckel haben. Im Fang trug er ein kleines Wildkaninchen, davon gab es in dieser Gegend sehr viele. Nun schob sich wieder eine dicke Wolke vor den Mond und es wurde stockdunkel. Schnell rannte ich nach Hause. Meine Füße und Hände waren wie Eis. Das Thermometer, das außen am Haus befestigt war, zeigte minus 22 °C. So kalt war es lange nicht gewesen.

Ich hatte neue Skier bekommen, doch es fehlten mir die richtigen Schuhe. Ein paar alte Stiefel von Vater hatte ich mir vom Boden geholt. Die waren zwar etwas groß für mich, aber es würde schon irgendwie gehen. Helmut und Herbert waren auch dabei, als wir von Tilos Bergen heruntерglitten, oftmals auf dem Hosenboden.

Wir versuchten es immer wieder. Manchmal kamen wir auch ohne Sturz unten an, aber das war eher selten. Schnell wurden die Handschuhe nass und waren dann rasch ganz steifgefroren. Es wurde von Tag zu Tag immer besser, so dass wir mit den Skistöcken Tore aufstellten, durch die wir hindurchfuhren. Eine kleine Schanze, die wir uns bauten, war der Höhepunkt jenes Winters. Es dauerte ziemlich lange, bis wir heil über diese Schanze kamen, aber es machte viel Spaß. So auch an diesem Tag, an dem ich das Diktat zurückbekommen hatte.

Als wir in der Stube waren, fingen die Hände an zu kribbeln. Das tat weh. Mutter schüttelte den Kopf, als sie das Diktat sah. „Du musst dich künftig mehr konzentrieren, dann schaffst du es auch.“ „Ich weiß“, so fuhr sie fort, „dass es dir egal ist, ob ‚gibt‘ mit langem oder kurzem i geschrieben wird. Und du schreibst es eben mit langem i, weil du das hier in Berlin so hörst. Aber es gibt im Leben, und das wird dir mit zunehmendem Alter immer klarer werden, viele Regeln, die du lernen und befolgen musst, willst du nicht abseits stehen oder gar mit der Gesellschaft in Konflikt geraten.“ Mutter sagte das alles mit beruhigender Stimme. Sie war traurig. Sicher wusste sie auch, dass ich Schläge bekommen hatte. Vater war noch nicht zu Hause. Ich holte Holz aus dem Schuppen. Auch einen Eimer Kohle stellte ich in die Küche. Dann füllte ich die Pumpe auf, die auf dem Hof stand. Um die Pumpe herum war es glatt. Das Wasser konnte nicht versickern, da der Boden tiefgefroren war, und beim Füllen der Eimer ging immer etwas daneben.

Die Eier in den Nestern waren noch warm, als ich sie entnahm. Heute würde es bestimmt Rührei geben. Ich freute mich, denn das schmeckte mir sehr. Die Hühner legten nicht mehr so gut. Es war eben Winter und das Futter nicht gar so reichlich. Der Hahn gackerte aufgeregt, als ich den Stall betrat. Man ging im Stall wie auf einem Teppich. Wir hatten im Herbst Farne aus dem Wald geholt und eingestreut, das sollte gut sein gegen Hühnerläuse.

Mutter hatte reichlich Rührei gemacht. Damit es auch für alle reichte, wurden die Eier in Milch angerührt und es kam noch Mehl hinzu. So wurden alle satt.

Ein Quietschen machte mich wach. Ich hörte Vaters Stimme. Die Tür war einen Spalt geöffnet und ich spähte in das Wohnzimmer. Da sah ich Ferkel, rosarot, wie ich sie beim Bauern gesehen hatte, nur ein wenig größer. Vater meinte zu Mutter: „Die müssen gleich geschlachtet werden. Eines ist für uns." Sicher hatte er sie für Weihnachten besorgt. Schnell gingen die Feiertage vorbei und die Monate Januar und Februar brachten nichts als Schnee und Kälte. Der Frühling war für mich eine schöne Jahreszeit. Die Erde duftete, als ob sie der Winter gewaschen hätte. Vögel zwitscherten mit hellen Stimmen und das erste zarte Grün spross überall hervor. Die Hühner legten jetzt viel besser.

Dann kam ein für mich trauriger Tag. Vater musste zum Volkssturm. Viele andere ältere Männer aus der Straße waren auch schon eingezogen worden. Die Müllerin sagte: „Krause ist bei der Firma Tod. Die bauen Brücken und Straßen für die Wehrmacht." Er war auch schon ziemlich alt. Eigentlich hätte ich ja stolz sein müssen, denn Vater sollte doch für Volk und Vaterland kämpfen. Wenn ich mir aber vorstellte, dass er an der Front fallen oder wie Nachbar Krause, dem jetzt ein Arm und ein Bein fehlten, nach Hause kommen würde, so konnte ich nur noch heulen. Mutter war ganz ruhig. Sie hatte rote Augen. Ich glaube, sie hatte in der Nacht geweint.

Vater putzte seine Langschäfter und packte den Rucksack, einen Fliegerrucksack mit vielen Taschen und Schnallen. Er nahm mich beiseite und redete auf mich ein: „Du bist der Älteste. Ich bin sicherlich bald wieder zu Hause, doch bis dahin musst du der Mutter tüchtig helfen." Ich versprach, folgsam und fleißig zu sein. Wir gingen in die Stadt. Mutter, Vater, ich und die Kleinen. Vater hatte den Rucksack auf dem Rücken. Er hing ganz schlaff auf seinem Rücken. Viel hatte er ja nicht zum Mitnehmen. Vielleicht würde er prall gefüllt sein, wenn Vater wiederkam, dachte ich. Viele Leute waren am Grasnickbrunnen, der mitten in der Stadt stand. Lastkraftwagen, die von Soldaten gefahren wurden, standen bereit.

Der Bürgermeister hielt eine kurze Rede. Nun mussten alle aufsteigen. Mutter weinte. Obwohl ich sehr traurig war, konnte ich das nicht. „Bestimmt wird er schnell zurück sein", dachte ich. Mutter weinte den ganzen Weg bis nach Hause. Wir liefen ganz still nebenher. Als wir zu Hause ankamen, war das Häuschen wesentlich leerer. Ich kletterte auf den Boden ins Heu.

Dort lagen noch Knödel, das waren kleine, wilde Birnen, vom letzten Jahr. Wenn man sie ins Heu packte, wurden sie mudicke und dann schmeckten sie gut. Plötzlich überkam es mich, ich fing an zu heulen. Niemand hörte mich hier und so konnte ich meinen Tränen freien Lauf lassen.

Jeden Tag kamen Züge mit Verwundeten auf dem Bahnhof an. Manche hatten nur noch ein Bein oder einen Arm, viele hatten den Kopf verbunden. Einige wurden abgeholt, doch die meisten humpelten, so gut es nur ging, allein fort. Erst als alle weg waren, gingen wir weiter. Es hätte ja ein Bekannter unter den Verwundeten sein können. Helmuts Vater war auch im Krieg. Er hatte echten französischen Kognak geschickt. Auch einen Pelzmantel hatte seine Mutter voriges Jahr bekommen. Mein Onkel war in Griechenland. Er hatte uns im Sommer ein Päckchen Sultaninen geschickt. Das waren so ganz große Rosinen. Sie waren schon lange aufgegessen. Norberts Vater war gefallen. Seine Mutter habe einen Nervenzusammenbruch bekommen, hatte Frau Meier gesagt. Sie war die wandelnde Zeitung in unserer Straße. Es gab nichts, was ihr entging, und nichts, wofür sie sich nicht interessierte. Sie schrieb auch ab und an Gedichte, in denen es immer um die Nachbarn ging. Gedichte wie dieses:

Der Müller ist ein komischer Kauz,
er reißt statt Unkraut Möhren raus.
Sein Weib ist nicht gar wenig fett,
doch am blödesten ist Annette,
sie geht mit dreckigen Füßen ins Bett.
Der Ulrich in der Schule dumm,
treibt sich des Nachts in Kneipen rum.
Da er im Leben nicht klargekommen,
hat sich jetzt der Pfarrer seiner angenommen.

Mutter hatte mal zu Vater gesagt: „Die Meiern ist gefährlich. Sie hat Krause angezeigt, weil er den Feindsender gehört hat. Die Gestapo hat ihn abgeholt.“ Vielleicht war er auch ein Kommunist, hatte ich mir gedacht. Die seien sehr gefährlich, hatte unser Lehrer Bulke gesagt. Sie wollten nicht, dass der Führer den Krieg gewinnen würde. Bulke trug immer SA-Uniform. Er humpelte auf einem Bein. Er sagte, es sei eine Frontverletzung. Das Bein war nach der Operation steif geblieben. In der letzten Stunde hatte er gesagt, es sei schade, dass er nicht mehr an die Front dürfe, und wenn die Russen hierherkämen, seien wir alle verloren.

Als ich vorgestern fünf Minuten zu spät zur Schule gekommen war, weil die Schranken geschlossen und der Tunnel gesperrt gewesen war, hatte er mich mit dem Gummiknüppel verprügelt. Er meinte, nur so könne der deutsche Mann zur Ordnung erzogen werden, damit könne man nicht früh genug anfangen. So wie eine Spinne am Rand ihres Netzes lauerte, stand er breitbeinig, mit blankgeputzten Stiefeln und die Arme in die Hüften gestützt, am Ende des Korridors. Als er mich erblickte, stürzte er sich auf mich. Ehe ich mich versah, war der Gummiknüppel auf mein Gesäß gesaust.

Sein Bruder sei vermisst, hatte Helmut gestern gesagt. Er sei bei den Panzern gewesen. Die hatten eine schicke Uniform. SS-Uniform mit Totenköpfen auf dem Käppi.

„Horst, Horst wo bist du denn?“, höre ich Mutters Stimme aus der Ferne. Behände kletterte ich vom Boden und lief ins Haus.

Auf dem Boden hatte ich ein Nest mit Hühnereiern gefunden. Schöne braune Eier. Die Braune hatte sich also hier versteckt. Wir nannten sie so, weil alle anderen Hühner weiß waren.

In der Nacht gab es einen fürchterlichen Krach. Wir wurden alle wach. Mutter ging auf die Straße, doch sie konnte nichts Besonderes sehen. Am nächsten Tag erzählten die Leute, ein Munitionszug sei auf dem Bahnhof explodiert.

Auf dem Heimweg gingen wir, das waren Helmut und ich, über den Kleinbahnhof. Da standen ausgebrannte Waggons, angekohlte Kisten lagen umher und einige Dächer von den umliegenden Schuppen waren, sicher durch die Detonation, heruntergefallen. Plötzlich entdeckte ich zwischen den Kisten, die alle leer waren, einen Pistolenlauf. Ich bückte mich und hatte eine Pistole in der Hand. Sie war vom Rauch geschwärzt, schien aber noch in Ordnung zu sein. Vor Schreck ließ ich sie sofort fallen. „Die müssen wir mitnehmen", meinte Helmut. Ich hatte Angst und war ganz aufgeregt. In einen Lappen gewickelt, von denen genügend umherlagen, verschwand die Pistole in der Mappe. Nun schauten wir uns noch einmal vorsichtig um, ob es auch niemand gesehen hatte, doch kein Mensch war in der Nähe zu entdecken. Schnell rannten wir davon. Erst an der nächsten Kreuzung, in die wir einbogen, blieben wir keuchend stehen. Deutlich hörte ich mein Herz schlagen.

Noch immer schaute ich mich ängstlich um, ob jemand hinterherkam, aber es war niemand zu sehen. Als wir die Kuscheln, so nannten wir die kleinen Kiefernschonungen, erreichten, waren wir schon am Rande der Stadt. Wir gingen weit in die Kuscheln hinein.

Vorsichtig holte ich die Pistole aus der Mappe. Da raschelte es hinter den Büschen, die unweit von uns standen. Wir waren starr vor Schreck. Die Pistole glitt in die Mappe zurück. Wie gebannt war unser Blick auf die Büsche gerichtet, da sprang Günther auf die Lichtung. „Was macht ihr denn hier so Geheimnisvolles?“, fragte er. „Wir haben eine Pistole gefunden“, sagte Helmut. „Du spinnst doch. Was habt ihr, eine Pistole? Wohl aus Holz geschnitzt, was?“ „Nein“, bemerkte ich kleinlaut, „eine richtige Pistole.“ „Zeigt her“, sagte Günther mit lächelnder Miene. Zögernd und ängstlich zog ich das Bündel aus der Mappe. Günther packte die Pistole aus.

Ein Lächeln umspielte seine Mundwinkel und ich hatte den Eindruck, der Leberfleck auf seiner Wange strahlte wie eine Sonne. Günther war mehrere Jahre älter als wir. Liebevoll wischte er mit dem Lappen den Schmutz von der Pistole ab. Wir waren ganz still. Plötzlich sagte er: „Wisst ihr denn auch, wie gefährlich so eine Waffe ist?“ Günther hatte keine Eltern mehr und lebte bei seiner Oma. Zur Schule ging er unregelmäßig. Zumeist trieb er sich im Wald umher. Die anderen Jungen erzählten, er habe im Wald auch einen Bunker. Wo, das wusste keiner. Günther war der Stärkste in der Straße. Auch in der Schule fürchteten ihn alle.

Nun erklärte er uns die Waffe. Er drückte auf einen Knopf, nahm das Magazin heraus, zeigte uns die Patronen, zog das Schloss zurück. „Keine Kugel im Lauf“, brummte er. „Das ist eine O8. Eine schöne Waffe. Neun Millimeter Profil.“

Nach einer Weile sagte er: „Ihr wisst doch sicher, dass ein Schwur eine heilige Sache ist.“ „Ja“, antworteten wir wie aus der Pistole geschossen. „Ich werde die Pistole verstecken, in meinem Bunker findet sich sicher ein geeigneter Platz, und ihr müsst mir schwören, dass ihr keinem Menschen darüber etwas erzählt.“

„Gut, dass wir sie los sind“, meinte Herbert, als wir wieder alleine waren.

Mutter stand schon vor der Tür. „Warum kommst du denn erst jetzt aus der Schule? Sie ist doch schon längst vorbei.“ „Ich habe Frau Meier geholfen, sie hatte schwer zu tragen“, log ich.

„Der Lehrer hat gesagt, wir sollen alten Leuten helfen.“ „Ist ja schon gut. Ich hatte mir Sorgen gemacht, dass dir etwas passiert sein könnte.“ Wie recht sie hatte, dachte ich. Schweigend ging ich hinter Mutter ins Haus. Schnell wurde es dunkel. Mutter holte noch zwei Eimer Wasser rein, ich pumpte. Da es auf dem Hof schon dunkel war und Licht nicht eingeschaltet werden durfte, mussten wir uns erst an die Dunkelheit gewöhnen, wenn wir aus dem Haus kamen. So tasteten wir uns bis zur Pumpe. Nachdem wir ein Weilchen draußen waren, konnten wir eigentlich alles ganz gut erkennen. Mutter goss einen Schöpfer Wasser von oben in die Pumpe und ich musste ganz schnell pumpen. Am Anfang ging es ganz leicht, dann wurde es schwerer und ein dicker

Wasserstrahl floss in den Eimer. 15 Mal musste ich den Schwengel nach unten drücken und nach oben ziehen, bis der Eimer gefüllt war. Mutter trug die Eimer ins Haus. Es zischte, wenn die Pumpe wieder ablief. So konnte sie, da sie ohne Wasser war, nicht einfrieren. Vater hatte in das Gummiventil eine Reißzwecke gedrückt. So hielt sie nicht ganz dicht und die Pumpe lief immer wieder ab. Wenn es sehr kalt war, mussten wir mit heißem Wasser auffüllen, da das Ventil festgefroren war. Vater hatte mir noch gezeigt, wie die Pumpe abgeschraubt werden musste, wenn kein Frost mehr zu befürchten war. Dann würde ich die Reißzwecke entfernen und die Pumpe nicht mehr ablaufen.

Eines Tages bekamen wir von Vater einen Brief. Er war in Meseritz. Bisher hatte sich nichts Besonderes ereignet. Er schrieb, die Bunker, in denen seine Kameraden und er sich aufhielten, lägen tief unter der Erde. Die Leute erzählten, dort würde eine richtige Fabrik unter der Erde gebaut, zu der sogar Züge fahren könnten.

Als wir auf dem Weg zur Schule den Bahnübergang kreuzten, meinte Helmut: „Schau mal, die vielen Verwundeten." Es war gerade ein Zug eingetroffen. Verwundete mit zerschlissenen Uniformen kamen uns entgegen. Ich dachte an Vater. Hoffentlich würde er gesund nach Hause kommen. Er hatte zwar geschrieben, er komme bald wieder, aber wer wusste schon, wie lange es wirklich dauern würde.

Mutter meinte auch, dass es noch eine längere Zeit sein werde, in der wir allein bleiben müssten. In der

Schule waren kaum noch Lehrer, alle waren im Krieg. Immer öfter war Fliegeralarm, aber unsere Stadt war noch heil. Wir hatten uns schon an diesen Zustand gewöhnt. Niemand beobachtete mehr die Flugzeuge, die über uns hinwegflogen. Tag und Nacht heulten die Sirenen. Mutter hatte gestern gesagt, Dresden, das sollte eine große Stadt sein, sei von den Amis völlig zerstört worden. Die Menschen flüchteten aus Angst vor den Russen immer weiter nach Westen.

Das Gefangenenlager wurde geräumt. Jakob, der Ukrainer, war auch weg. Das passierte ganz plötzlich. Morgens, als ich zur Schule ging, stand der Platz vor unserem Häuschen voller Fahrzeuge. Die Soldaten hatten schwarze Uniformen an. An den Käppis steckten Totenköpfe. Helmut meinte, das sei die Waffen SS. Für uns war das sehr interessant. Riesengroße Antennen wurden ausgefahren und über die Funkgeräte konnten die Soldaten auch Radio hören. Wir hatten auch ein Radio, einen Volksempfänger – oder Goebbels' Schnauze, wie die Leute dazu sagten. Er hatte einen großen Aufkleber, auf dem stand, dass das Hören von Feindsendern bei Strafe verboten war. Ich glaube, meine Eltern und jetzt meine Mutter hörten die aber abends trotzdem und viele andere Leute auch.

Der Sender sollte in England stehen und den aktuellen Stand des Krieges mitteilen. Die Wochenschau, die jedem Film im Kino vorausging, zeigt immer nur Erfolge unserer Wehrmacht, aber die Wahrheit sah wohl anders aus.

Die Soldaten waren sehr nett zu uns. Einige gaben uns sogar Schokolade und Bonbons.

Vom Koch bekamen wir sogar richtiges, eckiges Kommissbrot, das mir gut schmeckte.

Nach zwei Tagen waren alle wieder weg. Ich hatte beobachtet, dass sie, nicht weit von uns entfernt im Wald, etwas vergraben hatten.

Als es schon dunkel war, schlich ich hin. Mit einem Feldspaten, den ich gefunden hatte, fing ich an zu graben. Ich schaute nach allen Seiten, aber um mich herum war es ganz still.

Der Himmel war bewölkt, nur ab und zu riss die Wolkendecke auf und der Mond erhellte alles. Da stieß ich auf etwas. Es war Stoff. Ich zog daran. Es waren Jacken und Hosen, noch auf Bügeln. Ich schob den Sand wieder in den Graben zurück, rollte die Sachen zusammen, klemmte sie mir unter den Arm, nahm den Spaten und rannte nach Hause. „Was bringst du denn da?“, fragte Mutter. Keuchend stand ich vor ihr, nicht in der Lage zu antworten. Durch den schnellen Spurt und die Aufregung, etwas vielleicht Nützliches gefunden zu haben, versagte mir die Stimme. Ich hielt ihr das Bündel hin. Mutter betrachtete die Sachen, an denen noch der gelbe Sand klebte. Es war ein dunkelblauer Anzug, fast neu. „Der ist noch sehr gut“, sprach sie zu sich selbst. „Wo hast du ihn denn gefunden?“ Ich erzählte alles. „Wenn man die Sachen weggeworfen hat, werden wir sie wohl behalten können, gebrauchen könnten wir sie gut. Hast du noch mehr von dem Zeug dort gesehen?“ „Ich weiß nicht, ich habe nur beobachtet, dass die Soldaten da etwas vergraben hatten. Und da habe ich eben mal nachgesehen." Es war schon sehr spät, aber Mutter meinte: „Vielleicht sollten wir doch noch mal zum Graben gehen, es ist ja nicht sehr weit." Auf der Straße war es ganz still. Die meisten Nachbarn schliefen schon. Der Graben befand sich gleich hinter dem Waldanfang. Kleine Bäume standen rechts und links von ihm, es waren Kiefern. Wir begannen zu buddeln, Mutter hatte sich auch einen Spaten mitgenommen. Wir fanden so viele Sachen, dass wir mit dem Graben aufhören mussten, weil wir sie nicht zu tragen vermochten. Wie Mutter später feststellte, waren sie fast alle ungetragen. Hosen, Jacken, Mäntel, Pullover in den verschiedensten Größen. Am nächsten Tag besuchte uns Herr Meier. Er brachte etwas Kleie für die Karnickel. Mutter zeigte ihm den Anzug, den ich als Erstes geholt hatte. Er nahm die Hose, spreizte die Hosenbeine, passte sich die Jacke an. Alles passte wie maßgeschneidert. Der Anzug war aus Wolle, so etwas konnte man inzwischen nicht mehr kaufen. Friedensware! „Und du", sprach er zu mir, „hast das im Wald gefunden? Gehst du heute Abend mit mir noch mal dorthin?" Ich nickte, Herr Meier war kurzatmig, er hatte Asthma. Deshalb brauchte er nicht in den Krieg. Er arbeitete als Pförtner bei der Firma und schneiderte ein wenig.

Wir fanden weitere Anzüge, Mützen, Stiefel und Schuhe, alles ungetragen. Herr Meier hatte seinen Handwagen mitgebracht und wir luden alles auf. In unserem Schuppen wurde geteilt. Mutter war ganz aufgeregt. „Hat euch auch niemand gesehen?“, fragte sie und schaute mich fragend an. „Nein, niemand“, antwortete ich keuchend, denn den Wagen durch den Müllsand zu schieben, war doch sehr schwer gewesen. Herr Meier hatte ja nicht viel helfen können.

Schnell war alles aufgeteilt. Mutter verpackte alles in Koffer, die ich auf den Boden brachte.

Das Haus von Nachbar Meier war etwas größer als unseres und massiv gebaut. Er hatte auch einen kleinen Keller unter dem Haus. In der Küche war eine Klappe im Fußboden, unter der eine Treppe in den Keller führte. In dem befand sich auch eine elektrische Wasserpumpe. Sie stand dort geschützt und konnte so im Winter nicht einfrieren. Wenn Herr Meier Wasser brauchte, drehte er den Hahn auf, steckte den Stecker in die Steckdose und die Pumpe begann zu arbeiten. Das war sehr bequem.

In der Nacht träumte ich. Im Traum war ich schon groß und hatte mir den dunkelblauen Anzug angezogen. Ich ging in die Stadt. Alle Leute schauten mir hinterher. Manche grüßten mich sogar, obwohl sie mich überhaupt nicht kannten. Ich sah aus wie ein richtiger Herr. Den Anzug zierte eine schwere Uhrkette, an der sich eine goldene Taschenuhr befand. Ab und zu zog ich die Uhr aus der Uhrtasche, drückte auf einen Knopf und der Deckel sprang auf. Ich tat das mehr zum Vergnügen, als dass ich hätte wissen wollen, wie spät es war. Es war so eine goldene Uhr, wie sie mein Onkel aus Berlin hatte. Vom Vater hatte ich mir den Spazierstock, den er immer nahm, wenn wir in die Stadt gingen, ausgeborgt. Er war aus mehreren verschiedenfarbigen Hölzern zusammengesetzt. Er hatte mir schon immer sehr gut gefallen. Die Schuhe hatte ich mir blitzblank geputzt, wozu ich sonst nie Lust hatte.

„Horst du musst aufstehen, es ist Zeit“, rief die Mutter und rüttelte mich am Arm. Ich schlug die Augen auf und war noch ganz beeindruckt von meinem Traum. Etwas enttäuscht stand ich auf.

Mutter hatte schon Feuer unter dem Herd gemacht. Im Zimmer war es noch kühl, aber in dem wird ja jetzt nicht mehr geheizt.

Helmut traf ich an der dicken Eiche. Er hatte seine Mappe an den Baum gestellt. „Hast du Lust in die Schule zu gehen?“, empfing er mich. „Wir müssen doch“, meinte ich. „Ach was“, sagte er, „die meisten Stunden fallen doch sowieso aus.“ Er untermalte das mit einer Geste, die mir sagte, dass es für ihn bereits beschlossene Sache war, nicht zur Schule zu gehen. Wir versteckten die Mappen im Wald, dann gingen wir zu den Soldaten. Es waren neue angekommen. Große Scheinwerfer standen auf der Lichtung im Wald. Ihr Durchmesser war größer als der unseres Wohnzimmertisches. Die Reflektoren waren blitzblank, die Sonne spiegelte sich in ihnen, so dass man gar nicht direkt hinsehen konnte. Bei Fliegeralarm hatte ich oft gesehen, wie abgeleuchtet wird. Breite weiße Bänder zogen sich dann in den Himmel. Die Scheinwerfer sollten die näher kommenden Flugzeuge anstrahlen, damit die Flak sie erkennen und abschießen konnte.

Die Soldaten schimpften, weil wir alles anfassen wollten. Einer fragte sogar: „Warum seid ihr nicht in der Schule?“ Er würde unsere Eltern informieren. „Komm“, sagte Helmut, „hier können wir nicht bleiben. Schokolade und Bonbons haben die ohnehin nicht.“

Wir gingen weiter in den Wald hinein. Schon von weitem sahen wir weitere Militärfahrzeuge stehen. Anscheinend war niemand bei ihnen. Das mussten wir untersuchen. Damit uns niemand näherkommen sah, robbten wir bis zur dicken Eiche. Das Robben, also das Vorwärtsschieben auf den Ellenbogen, hatten wir uns von den Soldaten abgeguckt. Die Sonne schien schön warm. Es war windstill, nur die Erde war noch etwas kalt. Auf dem Heidekraut, das überall wuchs, lag es sich wie auf einem Bett.

Nun lagen wir dort schon eine ganze Weile und warteten. Nur fünf Schritte waren es bis zum Auto. Niemand war zu sehen oder zu hören. In gebückter Haltung gingen wir von hinten auf das Auto zu, stiegen auf das Trittbrett und schauten in die Fahrerkabine. Es war niemand drin. Auf dem Sitz lagen eine Karte, ein Kompass und ein Fernglas. An der Seite hing eine Jacke. „Obergefreiter“, stellte Helmut mit kaum vernehmbarer Stimme fest.

„So ein Fernglas, das müsste man haben. Es ist viel größer als das, das Vater besitzt“, dachte ich.

Helmut rüttelte an der Tür. Es war die Beifahrertür und sie war verschlossen. Langsam, nach allen Seiten spähend, gingen wir um den LKW herum. Es war weit und breit niemand zu sehen. Es war Mittagszeit, da machten sie sicher eine Pause. Die Tür an der Fahrerseite stand offen. Sogar die Zündschlüssel steckten. „Wenn man jetzt Auto fahren könnte …“, ging es mir durch den Kopf. Aber weit würden wir sicher nicht kommen. Vielleicht nur bis zum nächsten Baum oder sogar nur bis zum nächsten Posten.

Ich kletterte ins Fahrerhaus. Nachdem ich mich davon überzeugt hatte, dass niemand in der Nähe war, reichte ich Helmut den Kompass, an dem ich kein Interesse hatte, hängte mir das Fernglas um und verstaute es unter der Jacke. Helmut, der sich schnell den Kompass in die Hosentasche steckte, hatte nichts bemerkt.

Die Plane der Pritsche war hochgeschlagen. Mit Hilfe von Helmut kletterte ich auf die Pritsche. Hier standen viele Kisten.

Nun war Helmut auch schon oben. Er war, obwohl genauso alt, viel größer als ich und hatte es allein geschafft. Die Kisten hatten Verschlüsse, die mit Schlössern gesichert werden konnten, doch diese fehlten. „Ob wir mal reinschauen?“, fragte ich Helmut und mir lief vor Aufregung eine Gänsehaut über den Rücken. Auch etwas Angst schwang in meiner Stimme mit. Zwei Verschlüsse waren an jeder Kiste. Sie gingen ganz leicht auf. „Kleinkalibermunition“, meinte Helmut. Das war nicht schwer zu erraten, denn es stand auf den Schachteln und für Analphabeten gab es auch noch eine Abbildung. Helmut hatte schon ein Päckchen rausgenommen und geöffnet. „Da nehmen wir welche mit“, meinte er.

Acht Päckchen nahmen wir aus der Kiste. In den anderen Kisten waren Schießscheiben, Behälter für Gasmasken, Teile, die wir nicht kannten, und irgendwelche Ständer. Wir wollten schon hinunterspringen, da entdeckte ich hinter den Kisten kleine Kästchen. Vorsichtig hole ich eines hervor. Es war ziemlich schwer und mit kleinen Haken verschlossen. Ich schob die Haken zurück und öffnete es ganz vorsichtig. Ich erschrak heftig – eine Pistole! So eine hatte mein Cousin und auch ein Tesching. Ich nahm die Pistole mit strahlenden Augen in die Hand. So eine hatte ich schon immer haben wollen. Sie war lange nicht so schwer wie die Pistolen für die Erwachsenen.

Plötzlich hörten wir das Brummen eines Motors. Schnell sprang Helmut von der Pritsche. Ich warf die Patronen und das Kästchen, das ich wieder sorgfältig verschlossen hatte, hinterher. Nun packten wir alles und rannten weg.

Das Brummen wurde immer lauter, aber es war noch nichts zu sehen. Ich trug das Kästchen mit der Pistole und zwei Schachteln mit Munition. Wir rannten so schnell, wie es unsere Kräfte zuließen. Nun lagen wir in den Kuscheln. Unsere Herzen schlugen, als ob sie herausspringen wollten. Wir hatten uns ganz lang hingeworfen, damit uns niemand entdecken konnte. Als das Brummen lauter wurde, erhoben wir uns langsam und spähten zu dem Lastwagen hin. Das näher kommende Fahrzeug war noch nicht zu erkennen. Nur eine riesige Staubwolke konnten wir sehen. Ganz regungslos blieben wir liegen. Ich hatte das Gefühl, mein ganzes Blut sei im Kopf, so groß war meine Angst. Mein Kopf musste hochrot sein. Nun kam ein Auto an. Ein Soldat sprang von der Pritsche, ein Seil wurde hinuntergereicht. Das Fahrzeug wendete und der LKW wurde abgeschleppt. Ein Unteroffizier schrie noch etwas von Schlamperei und Einknasten, dann fuhren sie los. Man hatte uns nicht entdeckt. Trotzdem zitterten wir am ganzen Leibe, denn das Komplizierteste lag ja noch vor uns. Wohin mit der Pistole und der Munition?

„Wir verstecken alles in unserem Bunker“, unterbrach Helmut meinen Gedankengang. Geduckt liefen wir weiter in den Wald hinein, mit der Angst in den Gliedern, entdeckt zu werden. Plötzlich raschelte es ganz in der Nähe. Wie auf Kommando warfen wir uns auf den Boden. Wir trauten uns kaum zu atmen. Ein Reh kam hinter den Wacholderbüschen, die sehr dicht standen, hervor. Es hätte uns fast umgeworfen, schreckte aber kurz zuvor auf, machte kehrt und rannte davon.

Abgehetzt erreichten wir den Bunker. Alles war so, wie wir es vor zwei Tagen verlassen hatten. Der Bunker lag auf einer kleinen Lichtung im Kiefernwald. Hier wuchsen Birken, die noch nicht sehr groß waren und wie Büsche aussahen, so dass sie eine gute Tarnung boten. Auch einige Wacholderbüsche, die mit ihren schönen dunkelgrünen Nadeln dicht verzweigt waren, standen auf der Lichtung. Die Kiefern waren circa 15 Jahre alt, also noch ziemlich dicht.

Der Bau des Bunkers war beschwerlich gewesen, denn der ausgehobene Sand, der sich unmittelbar unter der dünnen Humusschicht befand, war schneeweiß und musste deshalb mit Eimern weit fortgeschafft werden, damit er uns nicht verriet. Schnell sollte es auch gehen. Da wir den Aushub nicht mit einem Mal schafften, deckten wir zwischenzeitlich alles mit Kiefernzweigen ab sowie den Gang zum Kessel mit Brettern. Darüber kam Pappe und dann die vorher vorsichtig herausgelöste Grasnarbe. Den Kessel selbst deckten wir mit Balken, Brettern und Blech ab, damit es nicht durchregnete. Wir hatten beim Bunkerbau wie die Tiere gearbeitet.

Vorsichtig hoben wir die aus Brettern gezimmerte Einstiegsluke, die mit Grasnarben, Moos und Kienadeln gut getarnt war, so beiseite, dass sie die Öffnung nur noch halb bedeckte. Vorsichtig spähten wir nach allen Seiten, sprangen hinein und hoben die Einstiegsluke wieder über das Einstiegsloch. Stockdunkel war es im Gang, der so niedrig war, dass wir auf allen Vieren kriechen mussten. Nun ging es schräg nach unten, wir waren im Kessel. So bezeichneten wir den Bunker, obwohl er, nach dem Fuchsbau benannt, nur einen Ausgang hatte. Er war zwei Meter hoch, zwei Meter breit und eineinhalb Meter tief.

Ich zündete eine Kerze an. Dann kam Helmut, der noch gelauscht hatte, ob uns auch niemand gefolgt war. Der Bunker war nämlich geheim. Wenn die großen Jungen ihn finden würden, dann würde er ausgeraubt und zerstört. Eilig verstaute ich alles in der großen Blechkiste, die auf dem Boden in der Grube vergraben war.

Wir hatten sie auf dem Gelände bei der Firma auf dem Schrotthaufen gefunden.

Sie war sofort von uns sofort konfisziert worden. Ziemlich schwer war sie und man konnte sie sogar mit einem Vorhängeschloss verschließen. In ihr lag auch unsere eiserne Reserve: an der Luft getrocknetes Brot, etwas Zucker, Tee, Streichhölzer, Wachskerzen, ein großes feststehendes Messer, Sonnenblumenkerne, Kürbiskerne und Kien.

Mein Opa hatte mir gezeigt, welche Stubben, wie wir Baumstümpfe nannten, Kien enthalten. Der eignete sich gut zum Feuermachen. Zu Hause hatten wir noch genug davon. Man konnte ihn auch gebündelt beim Kohlenhändler kaufen.

Durch den Wald streifend, hatte ich zumeist ein kleines Beil bei mir, das man auch als Hammer sowie als Schraubenzieher, natürlich nur für große Schrauben, benutzen konnte. Damit suchte ich auch Kien.

Nun war alles verstaut. Helmut stieg als Erster aus dem Bunker und schloss den Deckel wieder. Ich wartete noch ein Weilchen, lösche das Licht und kroch zur Luke. „Du kannst rauskommen“, sagte Helmut, als ich den Deckel vorsichtig anhob. Flink sprang ich aus dem Graben. Alles wurde wieder gut getarnt.

Wir gingen unsere Mappen aus dem Versteck holen. Die Zeit war schnell vergangen. Wir wussten zwar nicht genau, wie spät es war, hatten aber das Gefühl, dass die Schule jetzt vorbei sein könnte. Mir war nicht wohl bei dem Gedanken an mein Zuhause. Hoffentlich hatte uns niemand verpetzt. Helmut schwieg auch. Er dachte sicherlich dasselbe wie ich, doch keiner von uns sprach darüber. Die Mappen waren noch im Versteck. Wer würde sich auch an Schulmappen vergreifen? Ich freute mich schon auf den Moment, wenn meine Schulzeit endlich vorbei sein würde. Die Großen durften alles machen, wir fast gar nichts. Sie konnten sich auch immer so tolle Filme ansehen, die nur für Jugendliche über 14 Jahren zugelassen waren. Wir hatten schon mal versucht, in so einen Film hineinzukommen. Doch obwohl wir Karten gehabt hatten, wurden wir wieder nach Hause geschickt. Wir waren wegen unserer geringen Größe sofort aufgefallen. Vieles mussten wir heimlich tun.

„Da kommst du ja endlich“, empfing mich Mutter, „ich habe schon auf dich gewartet. Bei Hempels gibt es Kohlrüben, ich habe sie schon bezahlt. Nimm den Wagen und fahre gleich los, sonst machen sie zu.“

Missmutig, müde, aber doch im Grunde froh, dass sie vom Schwänzen der Schule anscheinend nichts wusste, machte ich mich auf den Weg. Hausaufgaben gab es schon lange nicht mehr, so dass sie deren Erledigung nicht anzumahnen brauchte.

Ich nahm den Gummiwagen, mit welchem ich, seit Vater weg war, auch Kohlen und Holz holen musste.

Es war schon März, der Wind war kühl, aber in der Sonne war es schon recht warm. Frau Hempel half mir, die Kohlrüben einzuladen. Im Nu war ich wieder zu Hause.

Mit Mutters Unterstützung öffnete ich die Klappe zum Keller. Sie war ziemlich groß und sehr schwer. Ich machte sie mit einem Haken an der Hauswand fest, damit sie mir nicht auf den Kopf fiel, als ich in den Keller ging. Es roch nach Kartoffeln. Davon waren noch reichlich im Keller. „Jetzt müssen mehr Kartoffeln gefüttert werden“, meinte Mutter, „sonst verfaulen sie.“ Eine kleine Ecke im Keller war noch frei, dort schüttete ich die Kohlrüben hin. Auf den Regalen standen Eingewecktes, Fleisch, Wurst, Obst und Gemüse. In einer anderen Ecke lagen noch ein paar Kohlköpfe. Die Möhren, die ich roh sehr gerne essen würde, waren schon lange alle und vorläufig würde es wohl keine geben, denn sie wurden erst jetzt ausgesät.

Als mich Mutter morgens weckte, war ich sehr müde. In der Nacht war wieder mal Fliegeralarm gewesen. Ich musste mich anziehen, saß auf der Bettkante, neben mir stand eine Tasche, die Mutter ständig gepackt hatte. Sie enthielt etwas Wäsche, Verbandszeug und auch Medikamente. Wofür oder wogegen die waren, das wusste ich nicht. Mutter hatte sich auch angezogen. Vor ihr standen zwei Koffer. Die wurden vor dem Fliegeralarm, meistens schon abends, wenn wir schlafen gingen, gepackt und in der Regel nach dem Fliegeralarm teilweise wieder ausgepackt. Die Kleinen schliefen noch. Ich beneidete sie. Mutter trieb mich zur Eile.Sie hantierte in der Küche. Ich wusch mich notdürftig, so wie jeden Morgen, aß eine Stulle, die wie immer mit Sirup geschmiert war, und los ging es zur Schule.

Dass wir gestern gefehlt hatten, war nicht aufgefallen. Unsere Klassenlehrerin war verhindert gewesen – aus welchem Grunde, das wusste niemand –, da wurde keine Anwesenheitskontrolle durchgeführt. Das Mathe-Diktat war auch gut ausgefallen. Eine Zwei, damit konnte ich zufrieden sein. Nur Bernhard machte mit dem dicken Rohrstock Bekanntschaft und Gerhard wurde mit den Fingerstöcken gezähmt. Tapfer legte er die Finger gespreizt auf die Bank und wimmerte vor Schmerz leise vor sich hin. Die Finger waren rot und blau, als er sie mir in der Pause zeigte. „Der alten Krähe werde ich es noch mal heimzahlen“, schwor er. Eberhard hatte wieder die meisten Fehler. Er hatte überhaupt keine Lust auf die Schule, doch Prügel bekam er nie. Sein Vater war bei einer Firma in leitender Stellung beschäftigt und hatte viele Verwandte auf dem Lande.

Da Eberhard nicht besonders kräftig war, beschützten wir, Helmut und ich, ihn. Er war dick, hochrot im Gesicht und hatte immer aufgeriebene Oberschenkel. Er sah aus wie ein gefüllter Mehlsack. Schnell laufen konnte er überhaupt nicht. Die Arme hingen ihm schlaff herab. Wenn wir uns prügelten, nahm er sofort Reißaus. Beim Laufen zog er die Beine hinter sich her.

Wir hockten hinter dem Schulgebäude in einer Nische. Eberhard hatte zwei harte Würste mitgebracht, die wir uns munden ließen.

Er steckte sich ein großes Stück Torte in den Mund und schob noch zwei Stück Kuchen hinterher. Eberhard erzählte uns, dass sie den Großknecht seines Onkels, der

Großbauer war, eingezogen hatten und sein Vater darüber sehr böse war, weil er dem Gauleiter der SS zwei Schinken zukommen lassen hatte, damit keine Leute von ihm eingezogen wurden. Bisher hatte das auch immer geklappt, aber nun hatte es den Großknecht erwischt.

Gesunde Männer waren schwer zu kriegen. Alle waren an der Front. „Der Gauleiter und mein Vater haben zusammen wieder tüchtig gesoffen“, erzählte er weiter. „Vater hat ihm zwei dicke Würste mitgegeben und der Gauleiter hat versichert, dass nun wirklich weiter niemand eingezogen wird.“

Die Wurst schmeckte ausgezeichnet, sie hätte noch größer sein können. Es klingelte. Schnell rannten wir in die Klasse. „Die letzten Stunden fallen aus“, erklärte der Lehrer. Schnell nahmen wir unsere Mappen und rannten los.

Helmut hatte von seiner Tante Zuckermarken erhalten. Dafür holten wir uns Kandis. Ohne Marken gab es gar nichts mehr. Bloß gut, dass wir Lebensmittel in Reserve hatten, so kamen wir noch ganz gut zurecht.

Am besten ging es den Bauern. Sie mussten zwar viel arbeiten und einen großen Teil ihrer Produkte abliefern, aber für sie selbst blieb immer noch genug. Die Beamten, die von den Behörden kamen, um zu überprüfen, ob die gemeldete Stückzahl Vieh korrekt war, waren auch nur Menschen. Für einen Schinken und eine gut geräucherte Wurst konnte man sich ja auch mal verzählen.

Langsam schlenderte ich nach Hause. Bestimmt wartete schon wieder Arbeit auf mich. „Du bist ja schon da,

Horst“, empfing mich Mutter. „Da kannst du gleich nach Milch zu Lindes gehen.“ Missmutig und wortlos nahm ich die Milchkanne. Ich war noch nicht weit weg von zu Hause, da gingen die Sirenen los. Ich hatte sie schon so oft gehört, aber immer wieder erschreckte ich mich. Einen Moment überlegte ich, ob ich zurückgehen sollte, doch ich entschied mich für den Wald. Es war Hochwald. Die Bäume standen nicht sehr dicht beieinander und man konnte den Himmel gut beobachten. Nach kurzer Zeit konnte man die Flugzeuge, die sich mit tiefem Gebrumm näherten, schon am Himmel blitzen sehen. Sie sahen sehr klein aus, flogen also ziemlich hoch. Das tiefe Brummen zeigte an, dass es sich um Bomber handelte. Sicher überflogen sie uns nur.

Da kam auch schon die Entwarnung.

„Na, wie geht's?“, fragte Frau Linde, nachdem ich gegrüßt hatte. „Ach, gut“, antwortete ich. Vater hatte uns gesagt, dass man so auf diese Frage antworten müsse. Die Erwachsenen reagierten immer so. Diese Art zu antworten, ist mühelos, und jeder wusste, dass in dieser Zeit, wo jeder Sorgen hatte, selten jemand die Wahrheit sagte.

Früher hatte ich bei Frau Linde öfter Bonbons bekommen.

Ein großes Glas mit eingewickelten Bonbons hatte immer auf dem Ladentisch gestanden und wir hatten uns eine Handvoll rausnehmen dürfen. Aber die gab es schon lange nicht mehr. Sicher hatte sie selbst keine. Sie war immer sehr freundlich.

Auf dem Heimweg traf ich Helmut. Er war beim Bäcker gewesen. Er erzählte mir, sein Onkel sei von der Ostfront auf Urlaub gekommen. Der Onkel habe von der entscheidenden Offensive, mit der die Russen endgültig besiegt werden würden, gesprochen. Der Führer habe das auch gesagt. Helmut hatte es im Radio gehört. „Na, vielleicht ist der Krieg bald zu Ende. Dann kauft Vater bestimmt auch ein neues Radio, denn das alte taugt nicht mehr viel“, dachte ich.

Vater fehlte mir sehr. Er hatte mir immer sehr viel erklären können. Mutter sagte auf meine Fragen immer nur, sie habe keine Zeit, aber wahrscheinlich wusste sie auf die vielen Fragen, die mich bewegten, keine Antwort.

Neulich hatte ich gefragt, warum die Menschen geboren würden, wenn sie doch wieder sterben müssten. Warum die Leute in den Krieg gingen und wann die Versorgung wieder besser würde. Sie sagte: „Warte, bis Vater wieder zu Hause ist, dann kann er dir das alles erklären.“

In der Nacht weinte ich fürchterlich. Ich träumte vom Krieg, das war schrecklich. Vater wurde von einer Bombe getroffen. Sie fiel direkt auf ihn. Dabei geriet auch unser Haus in Brand. Mutter fragte, was los sei, warum ich heulte. Ich erzählte ihr alles. Sie meinte, Träume seien Schäume. Vater komme bestimmt wieder, das wisse sie genau. Morgens, als ich aufwachte, fiel mir der Traum wieder ein. Ich wurde ganz traurig und dachte, wie schrecklich, wenn es nun doch wahr würde, was ich geträumt hatte. Zum Frühstück trank ich nur etwas Milch, ich hatte keinen Appetit.

Mutter hatte sich schon Sorgen gemacht, weil ich ziemlich lang unterwegs gewesen war, um Milch zu holen. „Du musst nicht immer so bummeln, ich brauche doch die Milch zum Abendbrot. Die Kleinen müssen essen und ab ins Bett."

„Immer muss sie meckern", dachte ich. Die Hühner pickten die Körner eilig auf. Es sah immer so aus, als ob sie meinten, es seien die letzten, die sie bekamen. Viel hatten wir tatsächlich nicht mehr. Im Schuppen stand noch ein halber Zentner Weizen und in einer Futtertonne waren vielleicht noch zwei Zentner Gerste. Nur der Hahn, in dessen Nähe sich keine Henne traute, behielt Haltung. Er ließ sich Zeit und pickte gemächlich die Gerstenkörner auf. Frisches Wasser hatte ich ebenfalls hingestellt.

An einem anderen Tag passierte etwas ganz Schlimmes. Unser Schwein, ein Borch, den wir, in der Hoffnung, dass er ebenso schwer würde wie der Eber, den ich beim Bauern gesehen hatte, Bruno nannten, lag heute Morgen, als ich füttern wollte, tot im Stall. Ich lief sofort zu Mutter. Sie war, als sie das tote Schwein sah, plötzlich ganz blass vor Schreck. Es wog circa vier Zentner und sollte nächste Woche geschlachtet werden, denn das Pökelfleisch war seit ein paar Wochen aufgebraucht. Es hing mir eigentlich auch schon zum Halse raus. Dieser gammlige Geruch, der aus dem Fass aufstieg, wenn ich den Deckel öffnete, um Fleisch zu holen, widerte mich an.

Nachbar Meier wollte das Schwein abstechen, denn ein Fleischer war seit langem nicht mehr zu kriegen.

Sie waren alle an der Front. Früher, als Vater noch zu Hause gewesen war, war immer der Fleischer Krause zum Schlachten gekommen. Er hatte aus dem Fleisch auch etwas Wurst gemacht, eine Menge, für welche die Gewürze gereicht hatten, doch die waren nun ohnehin schon lange alle. Das einzige Gewürz, das wir noch hatten, war Salz und auch das erhalten wir auf Zuteilung.

Mutter bat Frau Müller, die in der Stadt im Büro arbeitete, den Abdecker anzurufen, der das Schwein abholen sollte.

Der Bescheid vom Abdecker war für uns negativ. Das Schwein hatte sich vergiftet und war für die menschliche Ernährung nicht geeignet. Niemand konnte sich das erklären. Es war doch am Abend zuvor noch quicklebendig gewesen. Auf dem Bescheid, der mit der Post kam, stand, dass noch eine Gebühr von zehn Mark für den Transport zu zahlen sei.

Onkel Richard war zu Besuch gekommen. Er wohnte in Berlin. Er erzählte, die Russen seien nicht mehr weit weg. Was da so grolle – wir hatten das früher nur nachts gehört, jetzt aber war es auch schon am Tage zu vernehmen –, das sei die Artillerie. Onkel Richard war behindert. Er hatte einen Durchschuss in der Lunge und brauchte nicht mehr in den Krieg. Ich glaubte, er sei gekommen, um zu versuchen, von uns etwas zum Essen zu bekommen. Den Berlinern ging es noch schlimmer als uns.

Mutter gab ihm Eier und zwei Hühner, die Nachbar Meier geschlachtet hatte. Nachbar Meier hatte für uns auch gleich zwei geschlachtet. Mutter rupfte sie und würde Frikassee daraus machen. Ich hatte beim Schlachten zusehen wollen, doch Mutter hatte es mir verboten. „Für so etwas bist du noch zu jung. Später wirst du es ohnehin erledigen müssen."

In der Nacht rüttelte mich Mutter. „Fliegeralarm! Du musst dich schnell anziehen, Horst." Ich hatte so fest geschlafen, dass ich die Sirenen überhaupt nicht gehört hatte. Nach kurzer Zeit bemerkten wir lautes Brummen. So laut war es noch nie gewesen. In unseren kleinen Gemüsekeller zu gehen, hatte keinen Sinn, denn er war nur mit einer schweren Brettertür, die auch gleichzeitig die Decke bildete, abgedeckt. Hier genügte schon ein großer Feldstein, der, aus geringer Höhe geworfen, die Tür zerbersten lassen würde. Unser Nachbar hatte zwar einen großen Keller, aber in dem hatten meine Geschwister einmal vor Angst, vielleicht auch vor Ungeduld, dass sie eine ganze Weile still sitzen mussten, geweint und deshalb durften wir nicht mehr in diesen Keller. So blieben wir angezogen auf den Betten sitzen und warteten, bis der Fliegeralarm vorbei war. Kurz darauf krachte es und es wurde draußen ganz hell. Christbäume, so nannten wir die an Fallschirmen hängenden und auf die Erde hinabschwebenden Leuchtkugeln, die rundherum die Nacht zum Tag werden ließen. Es krachte unaufhörlich. Unser Holzhäuschen zitterte so, dass ich fürchtete, es fiele ein. Die Kleinen waren aufgewacht und heulten vor Angst. Sie drückten sich dicht an Mutter heran. Sie streichelte ihnen über den Kopf und versuchte, sie zu beruhigen.

„Bleib du hier“, sagte sie zu mir. „Ich laufe schnell noch mal zum Nachbarn. Vielleicht können wir doch noch mal in den Keller. Es scheint doch recht schlimm zu werden.“ Eilig liefen wir über die Straße. Es war taghell. Der ganze Himmel hing voller leuchtender Kugeln. Mutter zog uns hinter sich her. Immer wieder krachte es laut. In Richtung Stadt sah ich einen Feuerschein. Mutter meinte, die Stadt brenne. Der Nachbar Meier nahm uns auf. Sein Keller war sehr klein, aber immer noch besser als der unsrige. Bei Müllers, die einen großen Keller hatten, wurde Mutter abgewiesen. Zum Sitzen war in diesem kleinen Keller kein Platz. Wir standen eng beieinander. Meier hatte dort nämlich alles untergebracht, was ihm am wertvollsten erschien, aber wir fühlten uns hier sehr sicher. Meier meinte, er gehe wieder hinaus. Gern wäre ich mitgegangen, doch Mutter verbot es mir. Die Erde zitterte unaufhörlich. Ganz plötzlich war es still. Kein Brummen, kein Krachen, alles ganz still. So still war es in meinem Leben wohl noch nie gewesen. „Ihr könnt jetzt rauskommen“, rief Nachbar Meier. „Es ist vorbei.“ Die Nacht war lau. Frau Meier meinte, heute sei der 30. April. Wir schrieben das Jahr 1945. Diesen Tag würden wir uns wohl lange merken.

Wir standen auf dem Hof und schauten wie gebannt in Richtung Stadt. Der Himmel war glutrot. „Die Stadt brennt“, sagte Meier ganz leise, als ob er fürchtete, er hätte etwas Verbotenes gesagt. Dann kletterte er auf das Dach des Hauses und wir schauten ihm nach. Wie gebannt stand er dort oben. Sicher war ihm der Schreck in die Glieder gefahren. Langsam kletterte er die Leiter hinunter. So langsam, dass mir der Gedanke kam, er brauche Zeit, um zu überlegen, was er uns sagen sollte. Erwartungsvoll schauten alle auf ihn. „Das ist das Ende“, sagte er und ging ins Haus.

In unserem Häuschen waren die meisten Fensterscheiben entzwei. Ich verschloss die Öffnungen mit Sperrholz und Pappe.

Morgens meinte Mutter: „Mit der Schule wird es wohl heute nichts werden. Geh in die Stadt und sieh nach, wie es dort aussieht.“

Es war schrecklich in der Stadt. Straßen gab es nicht mehr.

Die Häuser waren richtig zerplatzt, wie Walnüsse, auf die man mit der Faust schlägt. Männer und Frauen suchten dort, wo ihre Häuser mal gestanden haben, ob noch etwas Brauchbares in den Trümmern zu finden war. Verkohlte Leichen lagen auch dazwischen. Sanitäter rannten unaufhörlich mit Bahren hin und her, um sie wegzubringen. Als ich die erste Leiche sah, wurde mir schlecht und ich musste mich übergeben. Eine Frau stand auf einem Trümmerhaufen und schrie: „Mein Kind, mein Kind!“ Zwei Männer mit Armbinden versuchten, sie zu beruhigen. Wild schlug sie um sich. Erst, als ein Sani ihr mit Gewalt eine Spritze verabreicht hatte, beruhigte sie sich.

An manchen Stellen brannte es noch oder es qualmte nur. Verkohlte Balken ragten aus den Trümmern. Möbelstücke lagen umher. Auch Einrichtungsgegenstände aller Art waren verstreut worden.

Eine alte Frau saß ganz apathisch zwischen den Trümmern.

Es hatte den Anschein, als begreife sie nicht, was passiert war.

Ein älterer Mann, der neben ihr stand, versuchte, sie zu bewegen, mit ihm zu kommen. Er redete ununterbrochen auf sie ein, doch sie reagierte überhaupt nicht. Sie hatte ein kleines Bündel unter den Arm geklemmt, das sie verkrampft festhielt, es war wohl das Einzige, was ihr geblieben war. Sie blickte starr vor sich hin. Liebevoll strich der Mann ihr wiederholt über das Haar.

„Geh nach Hause, Muttern auf den Käse pinkeln!“, schrie ein Mann mich an. Ich hatte ohnehin genug gesehen, nur zur Schule musste ich noch hin. Sie befand sich nicht direkt im Zentrum der Stadt. Ich kletterte über die Trümmerberge und versuchte, in Richtung Schule vorwärtszukommen. Nach mehreren Stunden erreichte ich eine Straße. Hier standen LKW der Wehrmacht. Einige wurden mit Toten beladen, ich schaute weg, denn den Anblick konnte ich nicht mehr ertragen. Überall irrten Leute umher, zumeist Ältere und Kinder mit ihren Müttern. Aber es waren auch viele Kinder ganz alleine. Sie suchten in den Trümmern nach ihren Angehörigen.

„Das ganze Wassernetz ist zusammengebrochen und Strom wird es vorläufig auch nicht geben“, sagte ein Mann zu einem Offizier, der neben einem LKW stand.

Die Schule war zum Krankenhaus umfunktioniert worden. Ich wollte auf den Hof, doch ein Soldat, der hier Posten stand, schickte mich zurück. Ich kletterte hinter dem Gebäude über den Zaun. Vorsichtig ging ich am Gebäude entlang und schaute am Ende desselben um die Ecke. Jetzt konnte ich den gesamten Schulhof einsehen. Auf dem standen Lastkraftwagen. Sanitäter riefen sich gegenseitig etwas zu und schafften Verwundete, die blutbeschmiert auf den Tragen lagen, ins Haus. Viel Betrieb war auf dem Schulhof. Leute kamen und gingen und dazwischen ertönten Befehle an die Soldaten.

Ein Mann mit einem weißen Kittel, schon etwas älter und grauhaarig, sprach mit dem Fahrer eines LKW, der in meiner unmittelbaren Nähe stand, so dass ich das Gespräch verfolgen konnte.

„Wie viele sind noch zu erwarten?“ „Das weiß keiner. Unter den Trümmern liegen noch viele, aber die meisten brauchen kein Krankenhaus mehr. Eine Reihe von Kellern sind verschüttet und sofern die Decken es durchgehalten haben und wegen der Last der Trümmer nicht eingestürzt sind, werden auch dort noch Menschen auf Rettung warten. Die Bergungsmannschaften, soweit überhaupt vorhanden, haben nur ein paar Pickeln und Schaufeln.“ Technik zum Wegräumen der Trümmer gab es nicht.

„Betten haben wir nur noch für die schweren Fälle“, meinte der Arzt. Alle anderen lagen auf dem Fußboden. „Bringt ihr noch weitere Medizin?“, fragte der Mann im weißen Kittel, der sich jetzt hinzugesellt hatte. Er war ziemlich groß und hatte ein Stethoskop um den Hals. Sicher war es ein Arzt. „Das weiß ich nicht“, antwortete der Kraftfahrer. „Der Hauptmann von der Wehrmacht hat gesagt, dass das, was ich bereits gebracht habe, alles sei, was die Truppe entbehren könne.“ „Nehmen Sie bitte diese Liste und übergeben Sie sie im Magazin“, sagte der Arzt. „Was ich aufgeschrieben habe, ist nur das Notwendigste, um wenigstens den Schmerz bei einigen Verwundeten lindern zu können. An Verbandsmaterial nehmen wir alles, was wir bekommen können. Auch defekte Laken, die wir in Streifen reißen.“

Ich ging noch etwas weiter. Dort hatte mal das Schuhhaus Albrecht gestanden, Mutter hatte noch in der letzten Woche ein Paar Winterschuhe von mir zum Besohlen hingebracht. Die waren nun auch hin.

Mutter war entsetzt über das, was ich erzählte. Sie sagte, der Obmann Müller sei hier gewesen. Er habe gesagt, die Russen seien nicht mehr weit, wir müssten fliehen.

Auf dem Weg von der Stadt nach Hause hatte ich schon viele Leute gesehen, die mit Handwagen, Kinderwagen, Rucksäcken, Taschen und Koffern, in denen sie ihre Habe verstaut hatten, aus der Stadt zogen.

„Wir bleiben hier!“, entschied Mutter. „Wo sollen wir auch hin?“

Ein paar Tage später wurden wir erneut aufgefordert, das Haus zu verlassen. Mutter meinte zu mir: „Du musst die Hühner schlachten.“ Das hatte ich noch nie getan. Ich hatte zwar schon mal heimlich um die Ecke geschaut, wenn Herr Meier geschlachtet hatte, doch wirklich zusehen hatte ich ja nie gedurft. Dreißig Stück hatten wir noch. Mutter hatte sie in der Früh gar nicht aus dem Stall gelassen. Zuerst nahm ich die erste Henne auf den Arm. Nun versuchte ich, sie an den Füßen festzuhalten, doch sie flatterte mir aus den Händen. Ich konnte sie nicht bändigen. Mehrmals versuchte ich es, doch es gelang nicht. Ich ging zu Mutter und sagte ihr, ich würde es morgen tun. Ich hatte Angst. Ich musste den Hühnern doch den Kopf abschlagen und das stellte ich mir schrecklich vor.

„Na gut", sagte Mutter erleichtert, denn sie selbst traute sich nicht zu schlachten und Männer waren keine mehr da. Nur der Gutsche von gegenüber, den hatte Mutter schon gefragt, aber er hatte sagte, er könne so etwas nicht machen. Ich ließ die Hühner auf den Hof. Abends verschloss ich die Luke, damit sie morgens nicht raus konnten. Am nächsten Morgen ging ich, nachdem ich mich die ganze Nacht mit dem Schlachten beschäftigt hatte, in den Schuppen, nahm das Beil, es war ein kleines Küchenbeil, spannte es in den Schraubstock und bearbeitete es mit der Feile. Ich dachte mir, es müsste ganz scharf sein, damit es schnell gehen würde. Mit einem Wetzstein, den ich ins Wasser tauchte, entfernte ich den Grat. Nun war es so scharf, dass ich selbst Papier damit schneiden konnte. Vor Aufregung hatte ich ganz feuchte Hände.

Die Hühner gackerten laut. Es war mir so, als ob sie riefen: „Jetzt kommt er!" Oder vielleicht auch: „Nun müssen wir sterben!" Oder: „Hilfe, Hilfe!" Nun musste es geschehen. Ich hatte noch einmal geprüft, ob der Hauklotz auch richtig fest stand. Wir hatten zwei davon.

Einen größeren für Mutter und Vater und einen kleineren, den hatte Vater noch, kurz bevor er zum Volkssturm ging, für mich aus Robinie zurechtgemacht.

Ich hatte Angst und meine Knie wurden ganz weich, aber ich hatte es Mutter versprochen. Sie hatte gesagt: „Du wirst es schon schaffen. Du brauchst sie nur zu schlachten, alles andere mache ich selbst."

Nun ging ich in den Hühnerstall, öffnete die Tür ganz vorsichtig und schob mich hindurch, damit die Hühner nicht ausreißen konnten. Es war halbdunkel im Stall. Es war ja auch noch sehr zeitig. Ich nahm das erste Huhn hoch. Es saß ganz still auf meinem Arm, als wollte es sagen: „Du wirst keine Mühe mit mir haben." Ich fasste es mit der linken Hand an den Beinen und nahm, wie ich es bei Meier gesehen hatte, noch die Flügel hinzu, damit das Huhn nicht flattern konnte. Solange ich es unter den rechten Arm geklemmt hielt, ging das auch recht gut. Ich zwängte mich durch die Tür und ging zum Hauklotz. Viele Male war ich diesen Weg vom Schuppen zum Hauklotz gegangen. Das Beil sauste hernieder, Blut spritzte durch die Gegend, die Hühnerleiber zappelten noch ein wenig und ich legte sie in den Korb. Mein Gang war schon automatisiert, ich merkte kaum noch, was ich tat. Nun war nur noch der Hahn zu schlachten. Majestätisch baute er sich vor mir auf. Er war ziemlich groß und dachte sicherlich, was ich Kleiner wohl von ihm wolle. Nach langer Jagd, bei der ich mehrmals im Hühnerdreck landete, erwischte ich ihn. Wir waren beide erschöpft. Mit beiden Händen schaffte ich es, ihn zu halten. Aber wie nun schlachten? Den würde ich nie auf den Hauklotz bekommen. Ich ließ ihn wieder los und ging hinaus. Ich holte mir ein Stück Strippe. Diesmal gelang es mir schneller, den Hahn zu fassen. Er war auch mit seinen Kräften am Ende. Ich fesselte ihm die Füße und band auch die Flügel an den Füßen fest. Nun konnte er sich kaum noch bewegen. Auf dem Klotz lag er ganz still. Ich hob das Beil und schlug zu. Es gab einen gewaltigen Ruck und der Hahn riss sich los. Er flog mit festgebundenen Beinen auf den Schuppen, hoppelte noch ein Stück auf dem Dachfirst und fiel kopflos hinunter.

Total erschöpft ging ich zu Mutter. Die Schürze von Vater, die sie mir umgebunden hatte, war über und über mit Blut befleckt. Die Köpfe von den Hühnern hatte ich schon vergraben, damit Mutter sie sich nicht anzuschauen brauchte. Ich half noch beim Rupfen. Mutter war ganz stolz, dass ich es geschafft hatte. „Ich mache euch heute ein köstliches Essen, die anderen Hühner wecken wir ein.“ Die Suppe schmeckte prima. Mutter hatte zwei Hühner in den großen Topf getan und gekocht. Ein paar Nudeln waren auch drin. Wir durften das ganze Hühnerfleisch essen und waren so richtig satt.

Erna, meine kleine Schwester, weinte, als wir in den Hühnerstall gingen. Er war leer. Sie holte die letzten Eier aus den Nestern. Wenn diese Eier weg sein würden, dann würde es wohl sobald keine mehr geben.

„Es ist das letzte Brot“, sagte die Bäckersfrau, „der Laden wird geschlossen.“

Mutter hatte das ganze Hühnerfleisch eingeweckt. Ich hob im Holzschuppen, der keinen festen Fußboden hatte, eine rechteckige Grube aus, so einen halben Meter tief, holte eine Kiste vom Boden und stellte sie hinein. Dort deponierten wir das gesamte Eingeweckte. Dann verschloss ich die Kiste mit einem Deckel, nagelte sie zu, legte noch ein paar alte Planen darüber und schippte den Sand wieder drauf. Nun kam gehacktes Holz darauf und ich meinte, es sei gut getarnt.

Ich holte den Gummiwagen aus dem Schuppen, pumpte etwas Luft in die Reifen, fegte den Kasten aus und stellte den Wagen vor die Eingangstür. Mutter hatte zwei Koffer mit dem Notwendigsten gepackt. Die Koffer legte sie unten in den Wagen, darauf kamen zwei Deckbetten. Die kleinen Geschwister setzte Mutter in den Wagen, legte noch zwei Taschen auf diesen, verschloss das Haus und los ging es. Ich lief vorn an der Schere, Mutter schob hinten. Ganz still war es in unserer Siedlung. Alle waren geflüchtet. Noch drei andere Familien gingen mit uns. Sie waren von irgendeinem Dorf gekommen und schon mehrere Stunden unterwegs. Vier Stunden waren wir schon gelaufen, da stoppte unsere kleine Kolonne. Da wir das Ende der Kolonne bildeten, war für mich nicht zu erkennen, warum wir nicht weiter konnten.

Da kam plötzlich ein Soldat hinter einer dicken Fichte hervor.

Er hatte eine Maschinenpistole unter dem Arm, schwarzes lockiges Haar quoll unter dem Stahlhelm hervor und seine Augen waren wie Schlitze. Die Uniform war khakifarben. „Ein Russe“, schrie Mutter leise auf. „Stoi“, sagte er. Dann deutete er mir der Maschinenpistole in die Richtung, aus der wir gerade gekommen waren, und machte uns mit vielen Gesten klar, dass wir zurückgehen sollten. Danach verschwand er wieder lautlos im Wald. Die anderen Familien liefen weiter. Wir kehrten um. Es war schon dunkel, als wir wieder zu Hause waren. Todmüde fielen wir in die Betten. Spannung lag über der Siedlung. Sie war fast menschenleer.

Wir wussten nicht, wer und ob überhaupt noch jemand in den Häusern war. Die Straßen, auf denen sich sonst die Kinder lärmend tummelten, schienen wie ausgestorben. Im Haus zu bleiben, war sehr langweilig. Die Angst schlich durch alle Zimmer.

Der Russe, den wir gesehen hatten – ich denke, es war einer gewesen – hatte nicht so ausgesehen, wie wir uns Russen nach dem Buch von Onkel Karl vorgestellt hatten. Mutter verbrannte im Herd die Fahne mit dem Hakenkreuz. Sicher waren es gar keine Menschenfresser. Nur die Augen waren ganz anders. In dem Buch stand, dass das Morden ihnen Spaß machte. Ich dachte an die Worte unseres Lehrers, der gesagt hatte, wenn die Russen kämen, würden sie uns alle abmurksen.

Plötzlich fiel mir die kleine Kleinkaliber-Pistole ein. Vorige Woche hatte ich sie vom Bunker geholt.

In einer verlassenen Halle der Fabrik hatte ich mit Herbert auf Flaschen geschossen. Nun lag sie, in Lappen eingewickelt, unter einem Pflasterstein im Keller.

Mutter hatte Brot gebacken. Gut, dass Vater das Mehl noch besorgt hatte. Schule war nun schon lange nicht mehr. Das gefiel mir gut. Wenn ich doch nur in den Wald könnte. Überall im Garten zeigte sich das erste Grün. Früher hatten es sie Hühner sofort abgefressen, aber die waren ja alle eingeweckt und wurden nach und nach aufgegessen Wenn die Hühner wieder Grünes gefunden hatten, waren die Dotter der Eier so schön gelb gewesen. Dann hatte ich sie besonders gern gegessen. Fenster und Türen waren den ganzen Tag verschlossen. Um Wasser zu holen, gingen wir durch die Waschküche über den Hof. Das war der kürzeste Weg. Auch zum Plumpsklo mussten wir auf den Hof.

Drei Tage waren wir schon von der Flucht zurück. Jetzt hörten wir das Dröhnen der Geschütze ganz nahe. Am 7. Mai morgens schaute ich aus dem Fenster an den Spargelbeeten vorbei in Richtung Wald. Dicht neben den großen Akazien, unseren Kletterbäumen, bewegte sich etwas und verschwand wieder. Ich rief Mutter. Sie kam sofort angerannt und dachte, es sei etwas passiert. Ich flüsterte ihr zu, was ich gesehen hatte. Gespannt schauten wir zwei in Richtung Wald. Gut, dass die Sauerkirschenbäume noch unbelaubt waren. So konnten wir durch sie hindurchschauen. Wieder bewegte sich etwas. Jetzt sah ich auch einen aufgeschütteten kleinen Wall, den hatte es dort noch nie gegeben. Sicher befand sich hinter dem Wall ein ausgehobener Graben, denn er bestand aus weißem Sand. Im Wald gab es genug Gräben. Da hatten die

Soldaten geübt. Wo waren sie jetzt überhaupt, unsere Soldaten? Sie konnten doch nicht alle verschwunden sein.

Wir verharrten weiter am Fenster. Ein Specht strich mit Geschrei über den Baum. Er hatte eine sehr markante Flugweise und war schon an dieser leicht zu erkennen. Die Meisen flogen auch ganz aufgeregt von Baum zu Baum. Hatten sie vielleicht auch Angst oder war das Geschützfeuer aus der Ferne das, was sie so aufregte? Die Spatzen saßen auf dem Zaun. Aufgeplustert, dicht an dicht. Sie ließen sich nicht stören. Die erste Fliege brummte auch durch das Zimmer. Ich wollte sie fangen. Mutter meinte, ich solle sie in Ruhe lassen, es sei die Brotfliege. Sie zu erschlagen, sei ein schlechtes Omen. Gegen Mittag hörten wir lautes Gebrumm. Panzer kamen die Straße entlanggefahren. Soldaten mit Stahlhelmen, verschmutzten Uniformen, die MPi im Anschlag, gingen hinter den Panzern.

Auf dem Platz vor unserem Haus hielt ein Panzer. Der Turm mit dem Geschütz drehte sich ganz langsam. Nun zeigte das dicke Rohr direkt auf unser Fenster. Aus Angst warfen wir uns alle auf den Fußboden. Die Kleinen heulten und krochen unter das Sofa. Nichts passierte. Langsam richtete ich mich wieder auf. Vorsichtig lugte ich durch das Fenster. Die dicke Kanone war weg. Der Panzer stand noch am selben Fleck. Ein Schatten huschte am Fenster vorbei. Jemand schlug gegen die Tür und rief etwas, das wir nicht verstanden. Die Schläge wurden immer stärker.

Mutter meinte, ich solle öffnen. Ich schloss auf. Zwei Soldaten polterten herein. Sie fuchtelten mit den MPi herum. Wir sollten die Hände hochheben. Das gaben sie uns unmissverständlich zu verstehen.

Die Soldaten untersuchten alles. Mutter weinte. Wir fingen auch an zu weinen. „Wo ist dein Mann?“, fragte einer der Soldaten. Mutter sagte, er sei tot, und versuchte, das mit Gestik zu unterstreichen. „Aha, kaputt“, sagte der Soldat. „Gitler kaputt“, sagte er und hob drohend die MPi in die Höhe.

Am Poltern konnten wir hören, dass Stall und Schuppen durchsucht wurden. Wir saßen wie angewurzelt auf dem Sofa. Alle Sachen, die in den Schränken gewesen waren, lagen, bis auf das, was sie gebrauchen konnten und gleich mitnahmen, im Zimmer umher. Mir wurde ganz heiß. Was, wenn sie im Keller die Pistole finden würden? Mein Herz pochte wild, als ob es jeden Moment zerspringen würde. Ich spürte jeden Schlag meines Herzens. Da meine Sinne sehr angespannt waren, entging mir kein Geräusch. Jetzt hatten sie das Schloss aufgebrochen. Die Klappe, die zum Keller führte, bumste gegen die Außenwand. Krachend fiel sie wieder zu. Es klang für mich nach Enttäuschung. Was da unten war, Rüben und Kartoffeln, hatte sie offensichtlich nicht interessiert. Mutter sah mich fragend an, sie spürte wohl, was in mir vorging. „Was ist mit dir los, ist dir schlecht?“, fragte sie, als sich der Lärm auf dem Hof etwas gelegt hatte. „Nein, nein, ich habe nur Angst“, flüsterte ich ihr ins Ohr. Die Tür wurde aufgestoßen, sie kamen erneut herein.

Sie fragten Mutter, unterstrichen mit der entsprechenden Gestik, nach Uhren und Ringen. Mutter schüttelte den Kopf. Schimpfend gingen sie aus dem Haus. Die Besuche der Soldaten wiederholten sich den ganzen Tag. Die Fragen waren immer die gleichen. „Uhri, Uhri" sagten sie und dann zeigten sie auf die Finger, was sicherlich Ringe bedeutete. Ich dachte so bei mir, sie seien wie die Elstern, denen gefiel auch alles, was glänzte. Einige wollten Mutter mitnehmen. Sie sagten: „Frau, komm." Wir klammerten uns alle an sie und schrien ganz laut. So ließen sie von ihr ab. Ich fühlte, dass Mutter ebenfalls große Angst hatte. Wir saßen alle dicht gedrängt nebeneinander auf der Couch. Zärtlich strich sie uns ab und zu über den Kopf und redete beruhigend auf uns ein. Der Tag neigte sich schon dem Ende zu und wir hatten noch nichts gegessen. Unzählige Autos brummten auf der Straße, die sonst unser Spielplatz war. Durch das Fenster sah ich auch Pferdewagen vorbeifahren. Sie waren hochbeladen mit Beutegut und auf dem saßen Frauen. Sie trugen alle bunte Kopftücher. Bei manchen schauten dicke Zöpfe unter den Tüchern hervor. Die Pferde liefen im Trab. Die Nacht verlief ruhig, nur ein Soldat kam ins Haus und leuchtete mir der Taschenlampe alles ab.

Er sagte ziemlich laut: „Gitler kaput." In der kyrillischen Sprache gibt es kein H, so benutzten sie das G.

Er bedeutete uns, wir sollten die Türen schließen, und ging wieder. Ich verschloss beide Türen und wir legten uns, nachdem wir ein wenig gegessen hatten, angezogen in die Betten.

Mutter stand schon zeitig auf. Die Sonne blinzelte durch die eine Scheibe, die während der Bombenangriffe noch heil geblieben war. Wer wusste, ob sie überhaupt geschlafen hatte. Sie hatte aufgeräumt und es duftete nach frischem Brot. Das trockene Brot schmeckte wunderbar. Es gab aber recht wenig davon. So recht satt wurde ich nicht. Das Mehl hatten wir ganz unten im Räucherofen versteckt. Mutter teilte das Brot immer gerecht auf. Aber sie bekam wohl recht wenig davon ab und es war ohnehin das letzte Mehl. Im Keller sah es schlimm aus. Der größte Teil der Einweckgläser war zerschlagen. Manche hatten sie geöffnet und die Kartoffeln waren zertreten und zerstochen.

Sicher hatte man gedacht, wir hätten dort etwas versteckt. Die heil gebliebenen Gläser brachte ich ins Haus. Mutter schob sie unter die Betten. Das Fass mit dem Pökelfleisch, das Meier uns vor seiner Flucht gebracht hatte, war nur aufgedeckt und nicht angerührt worden. Es roch wohl auch nicht sehr angenehm. Ich ging das erste Mal nach fünf Tagen wieder auf die Straße. Dabei hielt ich mich im Bereich der Fliederbüsche auf und beobachtete das Treiben. Es fuhren immer noch viele Lastkraftwagen vorbei. Wo mochte wohl Vater jetzt sein? Post hatten wir lange nicht erhalten. Vielleicht war er gefallen, wie Helmut, sein Bruder. Der war bei der Flak gewesen. Aber Vater hatte mir gesagt, er komme zurück, und ich glaubte fest daran.

Ein Panjewagen hielt vor der Gartentür und ein russischer Soldat stürmte in die Wohnung. Er war nicht groß, das lockige Haar quoll unter dem Käppi hervor. Er hatte drei Heringe, die mit einem Draht zusammengebunden waren, in der Hand. Die Heringe

knallte er auf den Tisch.

Mutter flüchtete auf die Ofenbank. Wir vier Kinder krallten uns an Mutter fest.

Ich war neun Jahre und kann mich noch heute an dieses Ereignis gut erinnern.

Er schrie ziemlich laut: „Frau komm!"

Mutter fing an zu weinen und wir Kinder heulten auch lautstark mit.

Dann nahm er die MPi, die er abgelegt hatte, mit beiden Händen am Lauf und schlug auf Mutter ein.

Zum Glück war er angetrunken und stand nicht mehr so ganz fest auf den Beinen. So streifte der Stoß nur die linke Seite von Mutters Kopf. Sie blutete sehr stark.

Aber zwei Ofenkacheln waren hin.

Weil Mutter ihm nicht folgte, warf er die MPi über die Schulter und stürmte hinaus.

Mutter versuchte, mit einem feuchten Handtuch das Blut zu stillen.

Es wurde schon dunkel, da stürmte ein weiterer Russe ins Haus.

In der einen Hand hielt eine Lampe, die uns stark blendete, in der anderen eine Pistole.

Mutter, die sofort wieder auf die Ofenbank geflüchtet war, zuckte zusammen. Wir Kinder eilten zu ihr.

Der Russe sprach ein wenig Deutsch und fragte, was geschehen sei.

Mutter erklärte es ihm.

Er glaubte es natürlich nicht. Er nahm uns mit zu einem Arzt unweit von uns. Die Wunde wurde genäht und die Blutung hörte auf.

Der Russe brachte uns auch wieder nach Hause. Es war Nacht und die Sterne funkelten am Himmel.

Ich schreckte aus meinen Gedanken auf, es hatte mich jemand angesprochen. Ein Soldat, groß wie ein Baum, stand vor mir.

Ich hatte überhaupt nicht bemerkt, wie er sich mir genähert hatte.

Ich wollte wegrennen, doch die Füße versagten mir den Dienst.

Er redete mit freundlicher Stimme auf mich ein. Ich konnte jedoch nichts verstehen. Er hatte einen struppigen Bart und eine leicht gerötete Nase. Die Hände, mit denen er gestikulierte, waren groß wie Toilettendeckel. Plötzlich sagte er „Komm" und unterstrich das mit einer Handbewegung. Ängstlich folge ich ihm. Was sollte ich auch tun? Ich hatte wohl bemerkt, dass er eine Pistole am Koppel hatte.

Wir gingen über die Straße zu dem Platz, der an den Wald angrenzte. Überall lagen Soldaten. Niemand kümmerte sich um uns. Einige Soldaten trugen Verbände. Plötzlich stieg mir ein angenehmer Duft in die Nase. Hier wurden Erbsen gekocht.

Wir gingen direkt auf eine Gruppe von Soldaten zu. Einige löffelten Erbsen und andere rauchen ihre selbstgedrehten Machorka oder Papiros. Unmittelbar vor der

Feldküche, aus welcher der Duft kam, blieb der Soldat stehen. Er bedeutete mir zu warten und sagte etwas zu dem Soldaten, der das Essen ausgab. Der reichte ihm eine Blechschüssel, aus der es dampfte, und ein Stück schwarzes Brot. Der Soldat deutete auf einen Baumstamm. Wir setzten uns, er gab mir die Schüssel und das Brot, zog einen hölzernen Löffel aus der Tasche und blinzelte mir freundlich zu.

„Das ist sicher meine Henkersmahlzeit", dachte ich, doch der gute Geschmack der Suppe und der Duft, der sich in meiner Nase eingenistet hatte, ließen nur einen Gedanken zu: Langsam und genüsslich essen! Beim Essen schaute ich immer wieder zur Seite, doch der Soldat blickte mich weiterhin freundlich an.

„So sieht doch kein Henker aus", schoss es mir durch den Sinn.

Den Wald kannte ich ganz genau. Wir saßen in der Nähe der großen Eiche. Die Strickleiter, an der wir immer auf den Hochsitz geklettert waren, hing noch am Baum. Die Erbsen schmeckten wirklich gut. Wie lange hatte es ein so gutes Essen nicht mehr gegeben?

Obwohl ich großen Hunger hatte, ließ ich mir Zeit, denn so würde ich etwas länger leben können. Es war auch gar nicht so leicht, mit so einem breiten Löffel zu essen. Ich musste die Suppe vom Löffel schlürfen, denn der passte nicht in meinen Mund, aber das Schlürfen störte niemanden. Zu Hause hätte Mutter mir, wenn ich so geräuschvoll gegessen hätte, schon längst ein paar hinter die Löffel gehauen.

Das Brot war frisch und schmeckte köstlich. Nur sehr sparsam biss ich davon ab, es sollte so lange wie nur möglich reichen.

„Wenn ich doch etwas Suppe mit nach Hause nehmen könnte“, dachte ich! Jetzt wäre das besonders wichtig gewesen, denn in unserer Siedlung hatte sich Typhus ausgebreitet. Frau Parik wollte aus dem Fenster springen. Sie musste an das Bett gebunden werden. Die Leute sagten, sie habe Kopftyphus. Wir hatten an den Füßen und Beinen Eiterpickel, mein Bruder eine große Eiterbeule auf dem Kopf. Mutter ging mit ihm ins Lager zum Arzt. Der hatte die Beule aufgeschnitten und einen Schlauch hineingelegt.

Die Soldaten kamen und gingen. Manche zwinkerten mir freundlich zu, doch die meisten bemerkten mich nicht, sie hatten so fern von ihrer Heimat sicher ihre eigenen Sorgen.

Die einfachen Soldaten trugen einen kleinen Sack auf dem Rücken, wir nannten ihn Daweibeutel, an welchem an den unteren Zipfeln ein endloser Gurt befestigt war, mit welchem sie ihn mit einem doppelten Schlag auch verschlossen.

Als ich einmal auf so einen gestarrt hatte, hatte der Soldat gelacht und ihn ausgeschüttet. So wusste ich, was er beinhaltete.

In dem Beutel befanden sich ein Rasiermesser, ein kleiner Blechtopf mit Henkel, hartes Brot, ein aus Holz geschnitzter Löffel und einige persönliche Dinge. Ich hatte schon einmal gesehen, wie sie sich draußen wuschen.

Sie standen mit nacktem Oberkörper in einer Reihe und hielten diesen Blechtopf, der mit Wasser gefüllt war, in der Hand. Sie nahmen einen Schluck Wasser in den Mund, stellten den Blechtopf ab, spuckten das Wasser in die Hände und wuschen sich damit das Gesicht.

Die Sonne schien mir auf den Rücken, es war schön warm.

„Wenn Vater doch hier wäre!“, sagte ich zu mir selbst. Er wüsste sicher Rat, denn er hatte mir immer geholfen, wenn ich in Nöten gewesen war.

Nun waren die Erbsen alle. Nur ein kleines Stückchen Brot hielt ich noch in der Hand. Ich wollte es am liebsten lutschen, damit es nicht so schnell alle würde, doch der Soldat nötigte mich zum Essen. Er hatte es ziemlich eilig mit dem Beenden der Henkersmahlzeit. Nun war auch das letzte Stückchen aufgegessen. So satt war ich lange nicht gewesen. Der Soldat redete auf mich ein und klopfte auf seinen Bauch. Ich nahm an, er fragte, ob ich satt sei, und ich nickte.

Mit eindeutiger Gestik bedeutete er mir, ich solle Holz sammeln.

Jetzt war ein günstiger Moment zum Entwischen, schoss es mir durch den Kopf. Aber zugleich fiel mein Blick auf die Pistole.

Der Soldat sprach, als ich mit dem ersten Arm voll Holz zurückkam, mit dem Koch, einem wohlbeleibten Mann mit freundlichen Augen, deutete mit dem Kopf auf mich und entfernte sich.

Erst jetzt bemerkte ich, dass der Soldat wohl ein Offizier war, denn der Koch nahm Haltung an, als er mit ihm sprach. Er sollte sicherlich jetzt auf mich aufpassen. Eine MPi hing in der Feldküche, wie ich bereits beim Essen bemerkt hatte.

Der Koch lachte mir freundlich zu, sagte „sme hut" und deutete dabei auf den Kessel. Er wollte bestimmt fragen, ob es mir geschmeckt habe, und ich nickte wieder. Inzwischen waren noch mehr Lastautos mit Soldaten eingetroffen, auch Frauen in Uniform waren dabei.

Ein Soldat half mir beim Holzsammeln, er war ziemlich groß, hatte einen dicken Schnauzbart, war ganz dunkel im Gesicht und hatte Schlitzaugen. Er holte eine Axt aus dem Auto, ging mit mir noch ein Stückchen weiter in den Wald hinein und fällte einen abgestorbenen Baum. Der Holzstapel neben der Feldküche war nun schon mächtig groß und ich hatte keine Angst mehr.

Der Koch winkte mich zu sich heran, nahm eine von den neben der Feldküche in großer Zahl herumliegenden goldfarbenen großen Konservendosen, stach mit dem Messer zwei Löcher hinein und befestigte einen Draht als Henkel. Nun nahm er die große Kelle und füllte die Konservendose mit dieser köstlichen Erbsensuppe. Die Büchse war bis zum Rand mit Suppe gefüllt und ziemlich schwer. Er reichte sie mir und noch ein ganzes Brot dazu, dabei lachte er sicher über mein verdattertes Gesicht.

Ohne mich groß zu besinnen, rannte ich los, bedacht, keinen Tropfen von dem Essen zu verschütten. Es dunkelte schon, als ich endlich zu Hause ankam. Mutter hatte ganz verweinte Augen, sie hatte sich sicherlich schon wieder Sorgen gemacht. Doch es kam sofort Freude auf, als sie sah, welche Köstlichkeiten ich anschleppte. Von den Erbsen konnten wir zwei Tage essen. Das Brot reichte sogar vier Tage.

Der Mond schien durch das Fenster. In der Küche klapperte es noch, Mutter wusch ab. Meine Geschwister schliefen schon. Wir hatten nicht sehr viel Raum. Wir mussten immer zu zweit in einem Bett schlafen, nur Mutter und Vater schliefen alleine. Jetzt, da Vater nicht zu Hause war, hatten wir etwas mehr Platz. Mir ging der Tag durch den Kopf. Die Angst hatte sich in Freude aufgelöst. Was waren das nur für Menschen, diese Russen? Und wie verschieden sahen sie aus! Sie waren nicht die Barbaren, mit Messern im Mund und blutbefleckt, als die sie uns dargestellt worden waren. Sie waren doch die Sieger dieses grausamen Krieges, warum gaben sie mir etwas zum Essen? Wie sah es wohl bei ihnen zu Hause aus? Sicherlich in vielen Städten so wie in meiner Heimatstadt. Trümmer, Trümmer, Tote, Verwundete und viel Hunger. Mein kleiner Bruder war schon eingeschlafen, er sah richtig satt aus. Ob ich Morgen noch einmal zu den Soldaten gehen sollte? Oder lieber nicht?

Die Sonne schien schon durch das Fenster, als ich am späten Morgen erwachte. Mutter war schon in der Küche. Schnell sprang ich aus dem Bett. Zum Frühstück gab es Eingebrocktes. Im Nu hatte ich die Tasse ausgelöffelt.

Ab ging es in den Wald. Meine Enttäuschung war groß: Die Soldaten waren weg. Konservendosen und anderer Unrat, für mich nicht brauchbare Dinge, lagen herum. Ein Rest des von mir gesammelten Holzes erinnerte daran, wo die Feldküche gestanden hatte.

Auf einem Baumstumpf sitzend, genoss ich die Sonnenstrahlen.

Wie viel Holz hatten wir letzten Winter aus diesem Wald geholt! Nun war das Heizen erstmal vorbei und das bisschen Holz für die Küche war immer zu finden.

Mir knurrte der Magen. Ob man mit der Pistole etwas Essbares schießen könnte? Mutter warnte mich ständig, nichts anzufassen, was auch nur nach Munition aussah. Letztens hatte ich Patronenhülsen in der Hosentasche gehabt. Da hatte sie fürchterlich geschimpft.

Neulich hatten Kinder mit Eierhandgranaten Weitwurf gespielt.

Ein Mädchen hatte eine Hand verloren.

Plötzlich kam mir eine Idee. Die Russen hatten hunderte von Pferden auf einer Lichtung unweit unserer Siedlung zusammengetrieben. Sie wurden von Posten rund um die Uhr bewacht.

Den Pferden hatten sie die Vorderfüße zusammengebunden, damit sie nicht weglaufen konnten.

Die Ungarn, die auf ihren Heimtransport warteten, hatten auch von diesen Pferden Wind bekommen, doch für sie waren nur die Pferde erreichbar, die von den Russen weggetrieben wurden, weil sie lahmten. Die schlachteten sie und manchmal bekamen wir ein Stück Fleisch ab, doch in letzter Zeit hatten sie auch nichts mehr zum Schlachten gehabt.

Ein Ungar hatte gestern zu mir gesagt: „Wenn du Pferde klauen und uns bringen, werden wir schlachten und du hast gut zu essen.“ Er hatte mit dem Arm in den Wald gezeigt und sich zur Unterstützung seiner Worte auf die Stelle geklopft, an der er vielleicht mal einen Bauch gehabt hatte.

Ich trommelte sofort meine Kumpel, die ich erreichen konnte, zusammen und wir berieten, wie wir an die Pferde herankommen könnten. Am Tage wiesen uns die Posten, wenn wir uns der Lichtung näherten, schroff zurück. Nachts trauten wir uns nicht, denn die Posten schossen aus Angst auf alles, was sich bewegte. Neulich waren wir auf dem Flugplatz gewesen, der durch den Krieg fast völlig zerstört worden war. Dort standen noch viele Flugzeuge, manche sahen so tadellos aus, dass wir große Lust bekamen, einzusteigen und wegzufliegen. Lange konnten wir diesem Verlangen nicht widerstehen und kletterten hinein. An jedem Hebel, der sich bewegen ließ, wurde probiert, was passierte. Das Leitwerk reagierte auch noch sehr gut. Aus Büchern kannten wir die Funktion und Bezeichnung einiger Teile am Flugzeug, doch eine Pistole für Leuchtkugeln, wie sie die großen Flugzeuge hatten, fanden wir nicht. Wir sahen Sprengnieten in verschiedenen Farben, doch von denen hatten wir noch genug zu Hause. Die Sprengnieten hatten wir für unser Katapult gebraucht. Sie wurden aus dem Wald heraus gegen die Mauer bei den Russen geschossen, das knallte schön laut und die Russen kamen jedes Mal ganz aufgeregt angerannt.

Neulich hatten wir Pistolenmunition gefunden. Einige Patronen steckten wir uns in die Hosentaschen. Als Gag und ohne zu bedenken, dass das schlimme Folgen haben könnte, warf jeder von uns eine Hand voll in das Feuer, das unter einem großen Jauchekessel brannte. In dem hatten die Russen immer Wasser warmgemacht. Der Kessel taugte nun zu nichts mehr.

Plötzlich rief Helmut: „Eine Pistole!“ Ich schaute in den Kasten, vor dem er stand, und sah tatsächlich eine Pistole. Der Lauf hatte einen Durchmesser, wie ich ihn noch nie gesehen hatte. In der Kiste lagen auch jede Menge dicke Patronen. Die Warnung von Mutter in den Wind schlagend, nahm ich sie in die Hand. Ich hielt die Pistole hoch und drückte ab. Nichts passierte. Jetzt untersuchte ich, die Mündung von mir weghaltend, die Waffe. Sie ließ sich hinten öffnen. Ich steckte eine Patrone in den Lauf. Alle gingen in Deckung. Ich hielt die Pistole mit beiden Händen hoch, schloss die Augen und drückte ab. Es gab einen Knall. Liegend schaute ich zum Himmel und sah eine Leuchtkugel. Es sah so aus, als ob sie an einem Fallschirm hinge. Als ich mich vom Schreck erholt hatte, standen alle neben mir. Ich bemerkte erst jetzt, dass ich die Pistole noch krampfhaft in der Hand hielt. Wir nahmen so viele Patronen mit, wie wir tragen konnten. Wir kamen zu dem Schluss, die Leuchtkugel-Pistole, die wir vom Fliegerhorst geholt hatten, könnte uns beim Unternehmen Pferde von Nutzen sein. Leuchtkugeln waren noch genug vorhanden. Wenn wir uns am Rande der Lichtung in eines der reichlich vorhandenen Schützenlöcher setzen und eine Leuchtkugel mit Schirm abschießen würden, sei das ganze Gelände gut einzusehen und man könne erkennen, wo sich die Posten gerade befänden, meinte Helmut. Außerdem würde das die Posten ablenken und die Pferde beunruhigen und dann hieße es, schnell zuschlagen.

Es war ein schöner Tag, wir lagen am See und besprachen die ganze Angelegenheit noch einmal. Die Russen hatten auf dem See viele Pontons zusammengebunden. Das waren rechteckig zusammengeschweißte Rohre, in deren Mitte ein Lattengitter befestigt war. Helmut hatte eine Drahtschere besorgt und wir haben einen abgeschnitten.

Mit Schalbrettern als Potscheln (Rudern) ruderten wir über den See zur Quelle. Der Ponton war ein guter Angelsteg. Bevor wir nach Hause gingen, versteckten wir ihn im Schilf.

Langsam ging ich auf die Lichtung zu. Es war weit und breit kein Posten zu sehen. Als ich die Pferde schon riechen konnte – das Sehen war schwierig, denn es war inzwischen schon stockdunkel –, hörte ich unweit von mir den Ruf „Stoi“. Er konnte nicht mir gelten, denn der Posten war ziemlich weit von mir entfernt. Ich wollte es noch mal alleine versuchen, vielleicht würde es klappen. Den ganzen Tag hatte es geregnet, ich war bis auf die Haut durchnässt. Der Wald duftete an solchen Tagen ganz intensiv, was mir sehr gefiel. Alles war nass und sehr elastisch, so hörte man nicht jede Bewegung oder das Knacksen, wenn ich trotz aller Vorsicht mal einen kleinen Ast erwischte. Nun hatte ich es geschafft: Ein großes Pferd stand ungefähr zwei Meter von mir entfernt. Ganz vorsichtig zog ich die Möhre, die ich mir in die Hose gesteckt hatte, aus der Tasche und näherte mich auf leisen Sohlen dem Pferd. Alle Angst wurde von der Anspannung und vom Willen, es zu schaffen, überschattet. In Gedanken sah ich schon Mutter die Bouletten braten, aber bis dahin war es wohl, wenn es überhaupt dazu kommen sollte, noch eine lange Zeit. Ich versuchte angestrengt, durch Lauschen und krampfhaftes Spähen herauszufinden, ob sich in der Nähe ein Posten befand, doch in der Dunkelheit, die mich tadellos versteckte, war nichts zu sehen und ich hörte auch nichts. Das Pferd schnaufte, warf den Kopf hoch, schaute mich an, blieb aber ganz ruhig. Ich brach die Möhre durch, legte sie auf meine flache Hand und streckte diese dem Pferd entgegen. Es nahm das Stückchen wohlwollend an. Auch der Rest der Möhre wurde von dem Tier verspeist. Ich tätschelte es am Hals und schaute zu ihm empor. Es war ein ziemlich großes Pferd, ein Warmblüter, also eines der Pferde, die immer die Bierwagen von Schultheiß gezogen hatten. Das Pferd schaute mich ganz traurig an. Ob es wusste, was mit ihm geschehen sollte? Mein knurrender Magen vertrieb diesen Gedanken sehr schnell. Ich bückte mich und löste dem Pferd die Fesseln an den Vorderfüßen. Nun streifte ich ihm die Schlinge über den Kopf, fasste mit zwei Fingern in die feuchten Nüstern und führte das Pferd, das mir willig und schwerfällig folgte, von der Lichtung weg. Ich kannte den Wald ganz genau, wir hatten hier immer gespielt. Jetzt waren wir aus der Schonung heraus und betraten den Hochwald. Dicht neben einer umgefallenen Birke blieben wir stehen. Ich kletterte mit dem Strick in der Hand auf die Birke, ängstlich auf das Pferd schauend, ob es auch stehen bleiben würde, aber es rührte sich nicht von der Stelle. Es machte sogar das Maul auf, als ich den Strick, den ich zusammengeknotet hatte, als Zaumzeug anlegte. Obwohl ich auf der Birke stand, war es noch sehr hoch bis auf den Pferderücken. Ich versuchte, das Pferd noch dichter an die Birke heranzubekommen, was mir gelang. Nachdem ich den Strick auf seinen Rücken gelegt hatte, fasste ich dem Braunen in die Mähne und zog mich hinauf. Ein wenig Druck mit den Beinen in die Weichen und los ging es, aber ganz gemächlich. Ich hielt mich an der Mähne fest. Das Pferd musste schon geritten worden sein. Es hätte mich sonst bestimmt abgeworfen. Der Hochwald war zu Ende, die Wolken rissen auf und der Mond machte alles ringsherum hell. Es war geschafft. Mir war noch gar nicht bewusst, dass ich bereits in der Nähe der Siedlung war.

Es schaukelte ganz schön, so hoch zu Ross. Ein Glück, dass das Pferd nur sehr langsam dahintrottete.

Auf Zug am Strick reagierte es auch, aber ich musste mich weiter an der Mähne festhalten, damit ich nicht herunterfiel, und rutschte auf dem Rücken des Pferdes hin und her. Den direkten Weg konnten wir nicht nehmen, sondern nur den Weg durch den Wald. Nun konnte ich unser Häuschen schon erkennen. Vor der Tür sagte ich „Brr“ und der Braune blieb stehen. Ich rutschte herunter und führte ihn auf den Hof. Niemand hatte mich gesehen. Mutter bemerkte mich natürlich sofort und stand plötzlich neben mir. Der Braune steuerte mit sanftem Druck auf das Wasserfass zu, das unter der Pumpe stand. „Mensch, kann ein Pferd saufen“, dachte ich noch so, da drang Mutter schon in mich. „Wo hast du den Gaul her?“, sprudelte es aus ihr heraus. Der Braune hob den Kopf und schaute sie ganz verdutzt an.

Ich erzählte ihr die Geschichte in Kurzform und kam vor Freude, dass ich es geschafft hatte, außer Atem. Für den Braunen holte ich noch ein paar Forken Heu vom Boden, band ihn an der Pumpe an und legte mich für den Rest der Nacht auf den Heuboden. Hier konnte man immer so schön träumen.

Der Weg zu den Ungarn, das heißt, zu dem Haus, in welchem sie untergebracht waren, war nur ein paar hundert Meter lang, aber er fiel mir sehr schwer. Unterwegs blieb ich stehen und weinte mich aus. Einerseits waren das wohl die Folgen der nächtlichen Anstrengung. Anderseits war ich sehr traurig, das Pferd, welches mir vertraut hatte, nun ans Messer liefern zu müssen. Doch wenn ich es behalten wollte, so tröstete ich mich, würde es bei mir verhungern müssen, denn wo sollte ich das Futter für so ein großes Tier hernehmen?

„Was, du hast ein Pferd?“, fragte mich lachend Igor. „Nun, ja“, antwortete ich noch ganz in Gedanken. Er rief seinen Freund und wir gingen zu uns nach Hause. „Das gibt viel Fleisch“, bemerkte Igor und lachte mich mit strahlenden Augen an. „Wir schlachten, du bekommst so viel Fleisch, wie du fortbringst.“

Ich hatte schon öfter aus dem Wald zugeschaut, wenn die Ungarn ein Pferd geschlachtet hatten. Wir hatten uns dann ein wenig Fleisch erbettelt. Zumeist war es ein Stück Lunge oder ein paar Rippen gewesen. Der Braune trottete willig mit den Ungarn vom Hof.

Er schaute sich nicht einmal mehr um. Er hatte in letzter Zeit bestimmt schon so oft den Besitzer gewechselt, das war ihm wohl alles egal. Was sollte er auch tun? Ich hatte zu verstehen gegeben, dass ich kommen würde, wenn alles vorbei war.

Er sagte, ich solle in einer Stunde kommen und murmelte: „Was nutzt es? Mensch muss haben Essen, wenn leben will.“

Mutter hatte alles mitbekommen, sie strich mir mit ihrer Hand über den Kopf, das tröstete mich. Als die Stunde vorüber war, ging ich hinüber. Das Pferd war schon geschlachtet, das viele Fleisch lag auf einer großen Plane in der Garage, selbst das Blut auf dem Beton war weggespült. Das Pferd war nur grob zerkleinert. Nun war es für mich nur noch Fleisch, alle Empfindungen waren ebenfalls wie weggespült. „Welches Stück willst du haben?“, fragte mich Igor.

Die umstehenden Ungarn grinsten. Ich hörte sie in Gedanken sagen: „Was wird der Kleine wohl wegschleppen können?“ Denn das wussten sie: So war es ausgemacht. Ich rollte die Zeltplane, die ich mir bei den Russen organisiert hatte, aus und deutete auf einer der Keulen. Die Männer legten die Keule auf die Plane.

Igor sagte: „Wenn du die vom Hof bringst, dann kannst du dir noch die halbe Leber und Fett holen, aber helfen darf dir niemand."

Ich schlug drei Zipfel der Plane hoch und fädelte das Seil durch die Löcher. Das andere Seil, welches ich mitgebracht hatte, band ich an die vierte Ecke und machte eine große Schlaufe, wie ich sie benutzte, wenn ich einen Handwagen zog. Ich ließ mir bei dieser Arbeit viel Zeit und redete mir immerfort ein: „Du musst es schaffen."

Mutter stand mit dem Handwagen am Zaun. Wie leicht wäre es damit, das zu bewältigen! Alle lachten, als ich unter Aufwendung meiner bescheidenen Kräfte die Keule hinter mir herzog, bis zum Zaun waren es gut zehn Meter. Auf dem Beton ging das noch ziemlich gut, denn der war noch nass, aber auf dem Gras würde ich es wohl kaum schaffen, schoss es mir durch den Sinn. Dann würde ich sicherlich nur ein paar Rippen bekommen. Doch der Himmel hatte ein Einsehen. Plötzlich, für alle völlig unerwartet, ging ein so kräftiger Regenschauer hernieder, dass die Ungarn in die Garage flüchteten und die Plane mit dem vielen Fleisch glitt wie von fremder Hand gezogen über das Gras. Nun war es geschafft, völlig ausgepumpt stand ich auf der Straße. Mein Herz klopfte, als ob es zerspringen wollte. Helmut war inzwischen auch angekommen und wir versuchten, die Keule in den Handwagen zu bekommen, aber es war nicht zu schaffen. Die Ungarn sahen, wie wir uns vergeblich mühten. Drei Männer waren notwendig, um die Keule in den Wagen zu bekommen. Sie halfen uns und Igor brachte auch noch gleich die Leber und das Fett mit. Helmut, meine anderen Freunde und die Nachbarn erhielten eine Portion Fleisch, den Rest pökelte Mutter ein.

Jetzt hatten wir für eine ganze Weile Fleisch. Ich drehte sogleich erst einmal etwas davon durch den Wolf. Mutter briet schon die ersten Bouletten. Es duftete im ganzen Haus. 40 Bouletten machte Mutter. Ich stopfte zehn in mich hinein, legte mich auf den Hof in die Sonne und schlief sofort ein. Am nächsten Tag ging ich wieder in den Wald, dort war ich am liebsten. Helmut war mit seiner Mutter aufs Land zu einer Tante gefahren, wohl nach Mecklenburg. Die anderen Jungs, mit denen ich sonst immer spielte, waren alle noch auf der Flucht. So allein war es ziemlich langweilig. Ich setzte mich auf eine umgefallene Birke, die würde ich mir in den nächsten Tagen holen. Jetzt war es zwar warm, aber der nächste Winter kam bestimmt.

Plötzlich riss mich ein Geräusch jäh aus meiner Träumerei. Horst stand circa fünf Meter hinter mir. Er hatte sich anschleichen wollen, war aber dabei versehentlich auf einen trockenen Ast getreten. Mit einem Indianergeheul schlossen wir uns in die Arme und fielen ins Moos. Erst jetzt merkte ich, dass er einen Beutel bei sich hatte, aus dem er etwas Eingewickeltes hervorholte.

Zwei dick mit Butter bestrichene Doppelschnitten zogen meinen Blick an. Stolz reicht er mir eine davon. Schweigend genossen wir die Schnitten. Den letzten Bissen noch im Mund, wollte ich wissen, wo er das Brot herhatte. „Wir sind auf der Flucht bis Königswusterhausen gekommen“, begann er zu erzählen. „Großmutter starb unterwegs, wir begruben sie auf einem Friedhof in einem kleinen Dorf. Mutter und ich kehrten dann sofort um. Zwei Jungen traten auf eine Mine. Von ihnen war nichts mehr zu finden. Splitter flogen umher. Sie wurden glücklicherweise von den Bäumen abgefangen, so dass niemand weiter verletzt wurde. Mutter hatte einen Schreikrampf. Ein Glück, dass zufällig ein Arzt im Treck war. Er gab Mutter eine Spritze und sie beruhigte sich bald.

Mutter und die anderen Frauen trauten sich aus Angst vor Vergewaltigungen nicht auf die Straße, deshalb marschierten wir durch den Wald oder querfeldein. Ein Waldarbeiter aus Trebus gesellte sich zu uns. Nur dank seiner Ortskenntnisse sind wir überhaupt hier angekommen. Weil der Hunger unser ständiger Begleiter war, untersuchten wir alle stehengelassenen Fahrzeuge, was wegen der herumliegenden Munition nicht ganz ungefährlich war. Wir konnten nur wenig Essbares finden. Doch in der Nähe der Rieselfelder hatten wir Glück. Ein Küchenwagen lag dort, er war umgestürzt. Dem Waldarbeiter gelang es, die Tür des Wagens einen Spalt zu öffnen. Ein Erwachsener wäre da nicht hindurchgekommen, ich sollte hineinklettern, doch ich hatte fürchterliche Angst. Da hätte ja noch einer drin sein können.

Auch Mutter hatte Angst um mich. Doch so sehr sich der Waldarbeiter, er war übrigens der der einzige Mann, bemühte, er konnte die Tür nicht weiter öffnen. Er redete immer wieder auf mich ein, doch Mutter ließ es nicht zu, worüber ich heilfroh war. Wir ließen also davon ab. Ein Stück weiter fanden wir in einem weiteren Fahrzeug viele Kommissbrote, Butter in Konservendosen und mehrere Säcke Zucker. Was wir schleppen konnten und das war nicht sehr viel, nahmen wir mit, den Rest versteckten wir." „Du meinst, dass da noch was ist?", unterbrach ich seinen Redeschwall. „Ich hole den Gummiwagen und wir fahren hin. Die Erwachsenen trauen sich wegen der Russen sowieso nicht in den Wald, aber uns Kindern tun die nichts. Mutter ist nicht zu Hause, sie ist sicherlich bei der Nachbarin, die auch gerade zurückgekommen ist, zum Quatschen."

Das war gut, so brauchte ich keine Ausrede zu erfinden. Ob sie mich mit dem Wagen weggelassen hätte, war ohnehin fraglich. Geschwind zogen wir den Wagen aus der Garage.

„Aus Zucker und Haferflocken kann man Bongse machen", fiel mir ein, als wir durch den Wald trotteten. Der Zucker wird in einer Pfanne auf dem Herd erhitzt, bis er schmilzt, dann kommen die Haferflocken hinzu. Wenn sie erkaltet sind und hart werden, schmecken sie wie Bongse.

An dem umgestürzten Wagen war auch herumprobiert worden. Offenbar ohne Erfolg oder sie waren gestört worden. Ich zwängte mich ängstlich durch die nur einen Spalt geöffnete Tür in den Wagen. Es war nicht viel zu erkennen. Langsam gewöhnte ich mich an die Dunkelheit. „Konserven!“, rief ich Horst zu und schob mich mit einer Büchse in der Hand durch den Spalt nach draußen. Mit Brennholz getarnt, brachten wir die deutschen „Vollkonserven“, damit waren sie beschriftet, an vielen Augen vorbei nach Hause. Zur Freude von Mutter und den Geschwistern hatten wir auch Kaffee und Fliegerschokolade gefunden. Etwas Zucker, Mehl, zwei Flaschen Kognak und mehrere Stangen Zigaretten, für die wir im Moment keine Verwendung hatten, waren auch dabei. Alles wurde unter Berücksichtigung der Anzahl der Familienmitglieder geteilt. Ich hatte mich ja schließlich in den Küchenwagen getraut und unser Wagen war das Transportmittel gewesen, ohne das aus der ganzen Sache nichts geworden wäre.

Die Zeit war schnell vergangen und die Bauern begannen mit der Ernte des Getreides. Wir hatten inzwischen Lebensmittelkarten, doch was uns da zugeteilt wurde, das war zum Sterben zu viel und zum Leben zu wenig. Glücklich waren nur die Bauern und die Schieber.

Kühl war es am Morgen. Seit mehreren Stunden standen viele Leute wie aufgereiht am Feldrand und warteten, dass das Feld zum Ährenlesen freigegeben wurde. Die Garben waren schon lange abgefahren worden und die Hungerharke schon mehrmals an uns vorbeigefahren. Zwei Füchse zogen vorbei, die gut im Futter standen.

Endlich verließ der Bauer das Feld und die Menschenmasse durchpflügte es mit den Augen, damit ihr auch keine einzige Ähre entgehen würde. Der Ertrag war, als wir am Ende des Feldes anlangten, gering. Zu viele Menschen hatten Hunger und der Bauer hatte das Feld auch schon sehr sorgsam geräumt. Zu Hause schütteten wir alle Ähren, die wir den ganzen Tag gesammelt hatten, in einen Beutel. Ich nahm einen Knüppel und drosch so lange auf den Beutel ein, bis kein einziges Korn mehr an den Ähren hin. Nun schüttete ich den Inhalt des Beutels auf den Hof, sammelte die leeren Ähren heraus und warf die Körner mit den Ähren mit dem Rest in die Höhe, so dass sich die Körner davon trennten. Das traurige Ergebnis war ein Kilo Roggen. Während dieser Arbeit war Helmut vorbeigekommen. Der Weizenschlag am Wald sei abgeerntet und die Mandeln seien aufgestellt, berichtete er mir und lachte mich verschmitzt an.

Na endlich, dachte ich. Darauf hatten wir schon mit Ungeduld gewartet. „Wann wollen wir gehen?“, fragte ich. „Am besten ist es so gegen neun, da bringen sie das Frühstück und die Wächter unterbrechen für eine Weile ihren Rundgang“, antwortete Helmut.

„Na gut, bis morgen um halb neun“, sagte ich. Vom Wald, dessen Unterholz einen guten Schutz beim Anschleichen bot, bis zu den Mandeln waren es höchstens zehn Meter. Da kein Wächter in der Nähe war, schlüpften wir in eine der am nächsten stehenden Mandeln hinein. Dunkel war es dort und schon ziemlich heiß, denn die Sonne meinte es gut an diesem Tag. Wir lauschten angestrengt nach draußen, ob sich jemand unserem Versteck näherte, zogen die Ähren nach innen durch und schnitten sie ab. Zwischen unseren Beinen lag ein Beutel, in welchem sie verschwanden. Wir konnten nur die Ähren von den Garben abschneiden, die auf der Seite zum Wald hin standen, sonst hätte man ja schon von weitem sehen können, dass sich hier etwas tat. Meine Arme brannten mir schon, ich war kurzärmelig gekleidet, sonst hätte ich es hier überhaupt nicht ausgehalten. Nun kratzte das Stroh tüchtig. Ich musste mich schon hinknien, um an die Ähren herankommen zu können. Lange würde ich das nicht durchhalten, doch mein Magen, der stets nach Nachschub schrie, und die mich fragend anschauenden Augen meiner Geschwister, die ich ständig vor mir sah, trieben mich an, weiterzumachen. Plötzlich riss mich Helmut mit einem „Pst“ jäh aus meinen Gedanken. Jetzt hörte ich es auch. Es näherte sich jemand der Mandel. Wir kauerten uns zusammen, um jeden Verdacht zu vermeiden. Hoffentlich hatten sie uns noch nicht bemerkt.

Neulich hatten sie Robert bei den Kartoffeln erwischt und windelweich geschlagen. Ich fühlte, wie sich meine Halsschlagader weitete. Es war, als ob mein Herz zersprang. Wir getrauten uns kaum zu atmen. Die Schritte kamen direkt auf die Mandel zu.

Dicht neben der Mandel verhallten sie. „Hatte er uns schon entdeckt?“, schoss es mir durch den Kopf. Er musste doch direkt neben der Mandel stehen. Jetzt näherten sich wieder Schritte, Wortfetzen drangen an mein Ohr. Das war sicher der zweite Wächter. Sie waren immer zu zweit, auch von ihnen hatten schon welche

Prügel erhalten. Ich sah wegen des einfallenden Lichts, wie sich Helmut bemühte, zwischen zwei Garben hinzuschauen.

Es klappte und wir konnten unweit der Mandel vier Füße erkennen. Jetzt hörten wir, wie der eine der Männer auf den Bauern schimpfte. Unsere Beutel waren schon prall gefüllt. Wenn sie doch nur bald weitergehen würden! Die Schritte entfernten sich, Helmut erweiterte den Ausguck und meinte, sich ein wenig aufrichtend, sie seien schon weit weg.

Nun schafften wir es, vorsichtig in Richtung Wald zu spähen, aber da war auch niemand ist zu sehen. Vorsichtig setzte jeder auf der zum Wald gelegenen Seite eine Garbe beiseite und wir schlüpften hinaus. Herrlich, diese frische Luft! Nun zogen wir die Beutel heraus. Ganz still kauerten wir hinter der Mandel. Die Wächter saßen am Ende des Feldes, die Gesichter zu uns gewandt, aber das Feld war mindestens 500 Meter lang und waren wir erst im Wald, würden sie keine Chance haben. Zehn Meter über das Feld und wir hätten es geschafft.

Die Beutel waren ganz schön schwer. Die Hälfte des Weges krochen wir unter dem Schutz der Mandel und zogen die Beutel hinter uns her. Dann war es mit der Deckung vorbei. Wir sprangen auf, schulterten die Beutel und rannten zum Wald, als ob der Teufel hinter uns her wäre. Keuchend erreichten wir ihn. Die Schonung war noch nicht sehr hoch, die Kiefern schlugen uns ins Gesicht, es brannte fürchterlich, doch wir rannten, rannten, rannten. Hinter der Schonung brachen wir erschöpft zusammen. Doch die Angst, doch noch erwischt zu werden, riss uns instinktiv wieder hoch. Es hatte sich gelohnt. Mutter schaute mich mit fragenden Augen an, sagte aber nichts – und das war gut so.

Die Gefangenen kamen wieder zurück und wurden in die größeren Häuser einquartiert. Jetzt waren sie natürlich frei und wollten so schnell wie möglich zu ihren Familien.

Wir bekamen für eine Nacht Serben. Da wenig Platz war, schliefen sie auf dem blanken Holzfußboden. Wir hatten große Angst und machten die ganze Nacht kein Auge zu, doch sie taten uns nichts.

Als die Ungarn, die in einem Haus uns gegenüber einquartiert waren, abreisten, ergatterte ich einen schönen Leiterwagen.

Alle hatten kleine Wagen, mit denen sie ihr Beutegut transportierten, doch am Bahnhof mussten sie sie zurücklassen. Ich war mit dem, den ich mitgenommen hatte, schon fast zu Hause und freute mich, doch das Glück blieb mir nicht hold. Ein Mann riss mir den Wagen aus der Hand. Als ich mich wehrte, schlug er mich so, dass ich von dem Wagen ablassen musste, was mich sehr traurig stimmte.

Dann mussten wir wieder zur Schule. So ein Mist!

Jetzt hießen die Russen Sowjetsoldaten und waren unsere Freunde und Befreier vom Faschismus. Russland war ein Schimpfwort, denn es hieß nun Sowjetunion.

Die Soldaten dienten in der siegreichen Sowjetarmee, manchmal auch „Rote Armee“ genannt.

Warum das so war, verstand ich noch nicht, aber sicher war das Politik, wie Onkel Paul meinte, und um Politik sollte ich mich bloß nicht kümmern.

Die Männer, die bei der SS oder SA waren, nannte man jetzt PG. Das sagte Frau Müller letztens zu Onkel Paul. Sie wurden entnazifiziert.

Wer wusste schon, was das wieder war?

Die Sowjetsoldaten, so sagte der Lehrer, hätten uns die Freiheit gebracht, aber mich bissen die Flöhe und Läuse, die sie im Reisegepäck hatten.

Mutter rieb uns immer wieder die Köpfe mit Essig-Essenz ein und umwickelte sie mit einem Tuch. So mussten wir einige Zeit herumlaufen, dann wurde alles ausgespült.

Die Läuse waren durch diese Prozedur weg, aber die Nissen, die fest an den Haaren klebten, wurden nicht getötet und in ihnen wartete schon die Nachkommenschaft. So waren die Biester immer schnell wieder schnell da. Sie bissen und das juckte ganz fürchterlich.

Ebenso schlimm wie die Kopfläuse plagten uns Kleiderläuse. Sie sahen etwas anders aus. Wo sie uns bissen, da bekam man rote Flecken und das juckte verteufelt.

Jeden Tag, wenn ich aus der Schule kam, zog ich meine Sachen aus und suchte sie nach Läusen ab. Sie wurden zwischen den Nägeln der beiden Daumen zerquetscht. Das knallte und Blut spritzte. Die Spezialisten unter den Plagegeistern, das waren die Flöhe. Sie bissen am schlimmsten.

Ein Flohstich ist ein kleiner weißer Punkt mit einem roten Hof. Flöhe sind sehr schwer zu fangen, denn sie können weit springen, eine Strecke, die das Mehrfache ihrer Körperlänge beträgt.

Wenn man es schafft, auf sie zu spucken, dann können sie nicht mehr springen, doch sie sind verdammt schnell. Ich machte mir Daumen und Zeigefinger nass und griff dann blitzschnell zu.

Das gelang nicht immer, aber manchmal schon. Ab nächster Woche sollen wir, von der Schule ausgehend, in die Entlausungsanstalt. Die ersten Klassen hatten das schon hinter sich.

Als ich eines Tages von der Schule nach Hause kam, ging es der ganzen Familie schlecht. Alle hatten eine Pilzvergiftung und mussten ins Krankenhaus, wo die Mägen ausgepumpt wurden. Eine Bekannte hatte uns die Pilze gebracht. Für Pilze war eigentlich immer ich zuständig, doch in diesem Fall hatte Mutter der Bekannten vertraut. Als die von der Vergiftung erfuhr, verstand sie das nicht, denn sie hatte den anderen Teil der Pilze verspeist und es war nichts passiert.

Die Sowjetsoldaten hatten von Frankfurt/Oder bis nach Berlin ein Gleis herausgerissen und ihr breiteres Gleis von Gefangenen verlegen lassen. Sie kamen nun mit riesigen Lokomotiven.

Gestern hatte eine davon vor dem Bahnübergang gestanden. Der Lokführer hatte vorn eine Klappe geöffnet und viel Ruß hinausgefegt.

Als wieder die ersten Züge nach Berlin fuhren, waren sie hoffnungslos überfüllt. Die Menschen standen auch auf den Trittbrettern und den Puffern. Auch ich durfte nun einmal nach Berlin fahren und man hob mich durch ein Fenster in den Wagen. Eine Dampflok zog den Zug und Funken flogen durch die Gegend. Die Fenster standen alle offen, sonst hätte wohl auch die Luft für die vielen Menschen nicht ausgereicht.

Als ich mich unter Mühen in Fahrtrichtung drehte, bekam ich Kohle-Stückchen ins Auge. Es brannte fürchterlich.

Die Junglehrerin sagte, die Sowjetsoldaten seien unsere Freunde, sie hätten uns vom Faschismus befreit. Nachbar Meyer meinte, das sei Quatsch, dass die Sowjetsoldaten unsere Freunde seien. Die Russen hätten uns besiegt und wir müssten dafür bezahlen. Es sei bei Kriegen immer schon so gewesen, dass der Verlierer die Zeche bezahlen müsse. Die Lehrerin erzählte uns von den Nationalitäten, die es in der Sowjetunion gab.

Ich fand das alles sehr langweilig und ich begann zu träumen, animiert durch die Russen, die draußen auf der Straße mit geschulterten MPi vorbeimarschierten.

Es passierte, nachdem die Russen bei uns aufgetaucht waren. Ein Russe stürzte mit vorgehaltener MPi ins Haus und wir mussten uns alle im Hausflur aufstellen. Mutter in die Mitte und wir Kinder rechts und links von ihr. Der Russe baute sich vor uns auf und deutete mit der MPi auf uns, was wohl heißen sollte, er wolle uns erschießen. Die Tür nach draußen war weit geöffnet und der Russe ging, die Waffe im Anschlag, auf und ab. Sicher war er mit sich selbst nicht einig. Die Kleinen weinten leise vor sich hin, Mutter versuchte, sie zu beruhigen. Plötzlich blieb der Soldat in der Tür stehen, richtete die MPi auf Mutter, sagte „Gitler kaput“ und noch etwas auf Russisch, das wir nicht verstanden. Mir wurde ganz heiß. Nun war es wohl so weit. Meine Hände waren ganz feucht. Mutter weinte erst leise und brach plötzlich in Schluchzen aus. Nun konnten wir uns nicht mehr halten und fingen alle an, laut zu heulen. Der Soldat sagte „DAWEI“, machte eine Handbewegung zum Zimmer hin, die wohl hieß, dass wir hineingehen sollten, und wandte sich ab.

Seine auf dem Betonweg verhallenden Schritte waren wie eine Erlösung, sie klangen wie Musik in meinen Ohren. Mutter war nicht zu Hause. Wo sie war, wusste ich nicht. Als ich aufwachte, war sie nicht da. Wir hatten Ferien und ich konnte ausschlafen. So hatte ich nicht bemerkt, dass sie fortgegangen war. Ich nahm an, sie war einkaufen gegangen. Viel gab es ja nicht mehr zu kaufen.

Vater hatte viele Bekannte in den umliegenden Dörfern. So ging es uns jetzt wesentlich besser. Er betrieb einen Handel mit Schuhen. Wo er die aufgetrieben hatte, blieb sein Geheimnis.

In der Siedlung brach Typhus aus und Mutter erwischte es als Erste aus der Familie. Sie wurde so schwach, dass sie ins Bett musste. Sie konnte nichts mehr essen, übergab sich sofort, wenn sie etwas zu sich nahm, und wurde immer schwächer. So ging das vier Wochen lang, in denen sie nur von Wasser lebte. Da Vater immer auf Tour war, kümmerten wir Kinder uns um Mutter. Irgendwann, Vater hatte wie fast jeden Morgen Mehlsuppe gekocht, überredete er Mutter, auch ein wenig zu probieren. Sie war immer noch sehr schwach und er flößte ihr die Suppe löffelweise ein. Danach schlief sie sofort ein, doch sie behielt das Essen bei sich und von nun an ging es ihr besser. Als sie genesen war, bekamen die Kleinen Typhus, doch sie überstanden die Krankheit ziemlich schnell.

In der Nachbarschaft erkrankten einige an der Kopfgrippe. Eine Frau sprang aus dem Fenster und brach sich beide Beine. Laut Frau Müller hatte sie auch innere Verletzungen und sie starb zwei Wochen später. Auch Frau Meyer hatte die Kopfgrippe. Mutter pflegte sie, da ihr Mann, der schon ziemlich hinfällig war, es nicht alleine schaffte. Damit sie keinen Unsinn machte, band man sie an das Bett. Die meisten älteren Menschen verstarben an dieser Krankheit.

Im Unterricht war es wieder ziemlich langweilig. Die Lehrerin erzählte von der Sowjetunion. Sie sagte, dass dort schon der Sozialismus herrsche und sie dabei seien, den Kommunismus aufzubauen, was bedeutete: Jeder nach seinen Fähigkeiten, jedem nach seinen Bedürfnissen. Was das wohl heißen sollte? In etwa, dass jeder der Gesellschaft das gab, was er zu geben vermochte, und von der Gesellschaft das bekam, was er benötigte.

Das schien mir sehr utopisch.

Wenn ich morgens zur Schule ging, nahm ich immer den Weg durch den Wald, weil das der kürzeste war. Eine Zeitlang hörte ich dort immer gepresste Zischlaute. Die rund 40 Jahre alten Kiefern waren in den Wipfeln sehr dicht, so dass ich nichts sehen konnte. In der Schule sprach ich mit Herrmann, einem Mitschüler, darüber. Der fragte seinen Vater, der Förster war, und der meinte, es könnte sich um Eichhörnchen handeln. Am Sonntag ging ich der Sache auf den Grund und kletterte mit einem Seil, das ich an meinen beiden Beinen befestigt hatte, die Kiefer hinauf, von der das Geräusch zu kommen schien.

Als ich zwei Drittel des Baumes erklommen hatte, wurde es plötzlich ganz still. Nun, vielleicht war meine Mühe umsonst und das vermeintliche Tier fort.

Ich kletterte nicht weiter und verhielt mich ganz still.

Nach einer ganzen Weile sah ich, wie ein Eichhörnchen durch die Zweige huschte, und wieder begann dieser Lärm. Also war ich auf dem richtigen Weg.

Jetzt sah ich über mir ein Nest, das wie eine Kugel geformt war. Ich war gespannt, was es damit auf sich hatte, und verweilte wiederum. Da schlüpfte ein Eichhörnchen aus der Kugel. Es war rot, lief mit aufgestellten Ohren und hatte einen buschigen Schwanz. Jetzt war ich so dicht bei der Kugel, dass ich hineinschauen konnte. Drei kleine Eichhörnchen waren in der Kugel. Ich fasste hinein, holte eins heraus und steckte es in die Innentasche. Nun schnell vom Baum herunter! Das Kleine musste sich ziemlich erschrocken haben, denn es lag ganz still. Ich zog es auf, was mir gut gelang. Wenn ich unterwegs war, saß es immer auf meiner Schulter. So war ich natürlich eine Attraktion.

Die Sonne stand schon im Zenit, es war warm und ich träumte so vor mich hin. Ich saß am See, plötzlich verschwand die Pose ich haute an verspürte starken Widerstand. Ein dicker Barsch zappelte an der Angel, den ich nun vorsichtig an Land bringen musste. Ich hatte Glück. Der Haken saß fest und konnte ich meinen Fang zu mir ziehen. Da der Fisch drohend seine Stacheln aufstellte, ließ ich ihn lieber auf die Erde fallen. Schnell stürzte ich mich mit einem Lappen auf ihn, damit er mir nicht entkommen konnte. Der Haken saß ziemlich tief, das ist bei den Barschen meist so, denn sie sind sehr gefräßig.

Mit einem kleinen Stock bekam ich ihn gelöst. Nun schnell in den Beutel mit ihm!

„Höre endlich auf zu träumen“, mahnte die Lehrerin.

Alle Klassenkameraden schauten mich mit spöttischen Gesichtern an, die Mädchen kicherten.

Ich hatte neue Schuhe bekommen. Sie waren aus Igelit, einem neuen Werkstoff. Sie glänzten wunderbar und hatten oben viele Löcher. Man konnte hineinschlüpfen, denn sie hatten keine Schnürsenkel. In diesen Schuhen sind die Strümpfe im Nu triefend nass, aber ich konnte mit ihnen schneller laufen als mit den Holzpantoffeln. An solche Neuheiten musste man sich erst gewöhnen.

Es klingelte. Schnell alles in die Mappen und schon stürmten alle aus der Klasse, die Junglehrerin wurde fast umgerissen.

Die Forsythien blühten in diesem Jahr besonders schön. Die Hecke, an der ich vorbeikam, sah wunderbar aus. Ich würde ein paar Zweige mit nach Hause nehmen.

„Das Essen ist fertig“, rief Mutter mir entgegen. Es gab Reibselsuppe. Dafür werden rohe Kartoffeln gerieben und in kochendes, leicht gesalzenes Wasser geschüttet. Das ergab eine dicke Suppe und der Magen war für ein Weilchen beruhigt – natürlich nur solange, bis er erkannte, dass alles nur Wasser mit etwas Stärke war.

Es war früh am Morgen und im Wald noch ziemlich frisch.

Ich wollte zum See, um zu versuchen, ein paar Fische anbeißen zu lassen.

Von Paule hatte ich für eine Fallschirmpatrone zwei Angelhaken und sechs Meter Angelsehne erhalten. Heute war Sonntag, da hatte ich Mitwürmer gegriffen und wollte nun mein Heil versuchen.

Nun saß ich schon eine geraume Zeit, aber es hatte bis jetzt noch nichts angebissen. Sicher stimmte irgendetwas mit der Angel nicht oder der Köder war nicht der richtige und mir würden die Mitwürmer auch nicht schmecken. Die Hände rochen ja schon unangenehm, wenn ich sie auf den Haken zog.

Knatternd kam ein Russen-Jeep durch den Wald. Er fuhr dicht bis an das Wasser. Drei Soldaten und ein Offizier stiegen aus dem Wagen. Sie hatten mich sicherlich schon gesehen, beachteten mich aber überhaupt nicht. Sie standen am Ufer und beobachteten die Umgebung.

Ob sie jemanden suchten? Der Offizier kam nach einer Weile zu mir. Er deutete auf den See und fragte in gebrochenem Deutsch: „Viel Fisch?“ Ich nickte. Nun holte einer der Soldaten einen aufgepumpten Autoschlauch aus dem Jeep, auf den ein breites Brett gebunden war. Sie wollten doch nicht etwa baden gehen? Der Winter war doch noch nicht lange vorbei und das Wasser ziemlich kalt.

Nun holte der andere Soldat zwei Handgranaten aus dem Jeep.

Mit Draht befestigten sie die an einem großen Stein. Ich war sehr neugierig, was das alles bedeuten sollte, hatte mich jedoch vorsichtshalber hinter eine dicke Eiche gestellt und beobachtete so alles aus, so meinte ich, sicherer Entfernung.

Die Soldaten lachten, als sie bemerkten, wie ich beim Anblick der Handgranaten erschrak. Nun gingen zwei von ihnen mit dem Stein, an welchen sie die Handgranaten gebunden hatten, auf den Angelsteg, der dritte Soldat folgte ihnen. Am Ende des Steges legten sie den Stein, der sehr schwer war, ab. Sie verpusteten kurz, dann hoben sie ihn wieder an und der Dritte zog mit seinen Händen je eine der Handgranaten ab. Ich sprang hinter die Eiche, hörte, wie der Stein ins Wasser klatschte, und es kurz darauf eine Detonation gab. Jetzt kamen taumelnde Fische an die Wasseroberfläche.

Einige versuchten, wieder abzutauchen, aber es gelang ihnen nicht.

Die Russen versuchten, die Fische mit Stöcken und einer Gardine, die sie als Netz benutzten, an Land zu ziehen. Einige Fische lagen schon auf dem Steg. Die meisten Fische trieben zu weit draußen. Plötzlich hörte ich Geräusche, die nur von einem Jeep stammen konnten. Die Russen hatten sie auch bemerkt und ahnten sicher Böses. Sie rafften die Fische zusammen und verschwanden. Ich ging dem Geräusch entgegen. Es war tatsächlich ein Jeep. Er stoppte direkt vor mir und die Soldaten fragten mich, untermalt mit der nötigen Gestik, ob es hier geknallt habe, was ich mit Kopfschütteln verneinte. Einer der Russen rannte zum Ufer hinunter und schaute auf den See hinaus. Sie wussten genau, was hier passiert war.

Der Wind hatte die meisten der oben schwimmenden Fische ins Schilf getrieben, so dass die Soldaten sie nicht sehen konnten.

Sie stiegen wieder in den Jeep und brausten in schneller Fahrt davon.

Ich rannte zu der Stelle zurück, an der die anderen Russen die Sprengung gemacht hatten.

Es war Mai, das Wasser noch ziemlich kalt, aber auf dem See – und zwar nicht so weit draußen – und auch im Schilf schwammen viele Fische.

Schnell zog ich mich aus und glitt nackt langsam in das kalte Wasser. Ein Aal, ein Zander, eine Schleie, Rotfedern und Plötzen waren die Ausbeute. Ich fädelte die Fische auf einen dicken Knüppel auf und schleppte sie nach Hause. Mutter war, wie immer, heilfroh, dass ich wieder zu Hause war.

Über die Fische freute sie sich natürlich auch. Der Zander wurde in Kotelettstücke zerschnitten und gebraten. Die restlichen Fische salzte sie ein. Am nächsten Tag räucherte Mutter die Fische, so dass es bei uns sehr gut duftete. Und es schmeckte noch besser.

Da wir früher immer Schweine gehabt hatten, hatte Vater eine Räucherkammer gebaut, die sich natürlich prima für die Fische eignete.

In der Schule erzählte ich Helmut die Geschichte mit den Russen. Er bekam ein Stück von dem geräucherten Aal. Der schmeckte mir von den geräucherten Fischen am besten. Da die Kleinen den Aal nicht mochten, mussten wir, Mutter und ich, ihn allein essen, worüber ich überhaupt nicht böse war.

So war die Versorgung wieder für eine Woche gesichert.

Ich lag im Bett. Der Mond schien durch das Fenster. Es war, als ob draußen Licht brannte. Obwohl ich hundemüde war, wälzte ich mich von einer Seite auf die andere und konnte nicht einschlafen.

Mutter rüttelte mich: „Aufstehen! Es ist schon spät, du musst zur Schule.“ Müde erhob ich mich aus dem Bett. Die Kleinen konnten noch schlafen, die hatten es gut.

Helmut wartete schon am Gartentor. Auch er war noch müde. Seine Eltern arbeiteten ab und zu beim Bauern, das waren wohl weitläufige Verwandte seiner Mutter. Gestern, am Sonntag, hatten sie dort wieder geholfen.

Beim Bauern arbeiten zu dürfen, das war schon ein beträchtlicher Vorteil, denn der bezahlte mit Naturalien.

In der Pause gab Helmut mir eine dicke Schmalzstulle, die war ein Hochgenuss.

Die Pistole lag immer noch im Keller. Die Waffen sollten ja alle abgeliefert werden, aber so eine richtige Waffe war das wohl nicht.

Unser Radio, ein Volksempfänger mit einem Aufkleber „Vorsicht, Feind hört mit“, hatten heute die Russen abgeholt. Der Nachbar hatte sie zu uns geschickt, wie wir später von einem Bekannten erfahren sollten.

Am Nachmittag ging ich zum See, um Krebse zu fangen. Es war Spätherbst, aber die Sonne schien und das nutzten auch die Krebse, um sich auf Steinen zu sonnen, was ihnen, wenn ich sie erwischte, zum Verhängnis wurde. Die, die auf den Steinen saßen, fing ich zumeist mit der bloßen Hand.

Ein wenig Geschick gehörte schon dazu. Bei denen, die im flachen Wasser waren, konnte ich ohne ein Hilfsmittel wenig ausrichten. Wenn sie entwischten, schossen sie blitzschnell unter die Wurzeln der Erlen, die am Ufer standen.

Sie machten sich immer in rasender Geschwindigkeit rückwärts „auf Reisen“.

Die Erlen machten mir beim Angeln zu schaffen. Wenn der Wind die Sehne mit dem Haken in die Äste der Erle trieb oder das durch meine Unachtsamkeit geschah, war zumindest der Haken verloren und das war sehr traurig. Aber manchmal blieb auch noch mehr im Baum hängen.

Als Hilfsmittel zum Fangen der Krebse holte ich mir einen Stock von den Haselnusssträuchern und spaltete ihn mit dem Taschenmesser circa zehn Zentimeter auf. Ich spreizte ihn zwei Zentimeter und steckte einen kleinen Zweig in den Spalt, so dass mein Werkzeug offen blieb. So konnte ich die Krebse mit einem Stoß in den Rücken fangen. Der Winter kam und er war bitterkalt.

Das Holz, welches ich beim Abriss von Baracken ergattert hatte, war aufgebraucht. Morgens waren die Fenster mit Eisblumen bedeckt. Das sah zwar sehr schön aus, aber es graute einem davor, aufzustehen.

Im Sommer hatte ich bei dem Russenobjekt eine trockene Kiefer gesehen. Dort traute sich von den Erwachsenen niemand hin. Ich war sicher, dass sie noch nicht abgesägt worden war. Die Bügelsäge hatte ich schon geschärft. Vater Bandke, ein Nachbar von uns, der lange Zeit zur See gefahren war, hatte mir gezeigt, wie man so etwas macht. Er hatte mir auch eine Feile geschenkt. Die war zwar nicht mehr sehr scharf, aber mit etwas Geduld ging es schon. Nun machte ich nur noch die Axt scharf. Zuerst ging es an den großen Schleifstein, dann zog ich den Grat mit dem Wetzstein ab. Die Säge und die Axt band ich mit einem Strick auf dem Eisenschlitten fest. Es war ziemlich kalt und der Schnee knirschte unter den Schuhsohlen. Es lag ungefähr ein halber Meter Schnee. Im Wald lief es sich schwer. Jetzt war ich an der Schonung vorbei und konnte das Lager schon sehen.

Der Frost schmerzte mich in den Ohren und der Wind pfiff sehr stark. Er kam von hinten, so war es noch auszuhalten. Auf dem Heimweg würde es bestimmt schlimmer werden. Der Posten auf dem Krähennest stand mit dem Rücken zu mir. Ich musste mich rechtzeitig bemerkbar machen, damit er sich nicht erschreckte, denn die Posten schossen auf alles, was sich bewegte. Jetzt war ich im freien Gelände. Nur ein paar Wacholdersträucher waren über die Fläche verstreut. Etwa zweihundert Meter trennten mich noch von dem Posten.

Ich zog den Schlitten in die Nähe eines größeren Wacholderbusches über einen Stubben, das schepperte laut und der Posten drehte sich mit einem Ruck um und feuerte in meine Richtung. Die Entfernung bis zu mir war für die MPi zu weit, als dass er hätte treffen können. Vorsichtshalber hatte ich mich hinter einen aus dem Schnee ragenden Stubben geworfen. Langsam in Richtung Posten spähend erhob ich mich.

Der Posten nahm, als er mich erblickte, die MPi auf den Rücken und lachte.

Jetzt winkte er. Eine Aufforderung, näher zu kommen. Zögernd ging ich in Richtung Zaun.

Der abgestorbene Baum stand dicht bei dem Posten außerhalb des Lagers. Der Russe war nicht sehr groß, von dunkler Hautfarbe und hatte Schlitzaugen.

Als ich nah genug bei ihm war, schaute er mich fragend an. Langsam bückte ich mich, zog die Axt unter dem Strick hervor und deutete mit ihr auf den trockenen Baum. Er nickte und lächelte mich an, dabei wurden seine Schlitzaugen noch schmaler, als sie es ohnehin schon waren. Ich zog den Schlitten noch etwas näher in Richtung Baum, nahm die Axt und kratzte den Schnee rings um den Baum beiseite.

Als ich den Baum hinauf bis zum Wipfel blickte, bekam ich ein wenig Angst. Er war mindestens acht Meter hoch. Zuerst schlug ich eine Kerbe in den Baum an der Seite, in die er fallen sollte.

Ich setzte die Bügelsäge an, doch ich kam nicht weit in den Stamm, die Säge klemmte.

Ich bemühe mich wie verrückt, doch es war nichts zu machen.

Der Posten kam die Leiter von seinem Krähennest herunter.

Er hob den Maschendrahtzaun etwas hoch und schlüpfte darunter hindurch. Seine MPi legte er auf den Schlitten und zog den Mantel aus. Nun nahm er die Axt und schlug in die Kerbe, dass die Späne nur so flogen. Der Baum neigte sich ein wenig, die Säge wurde frei. Wir sägten ein Stück und sie klemmte wieder. Die Äste zum Zaun hin waren ziemlich dick und der Baum „wollte“ nach dieser Seite fallen. Mit vielen Gesten erklärte er mir, dass wir gegen den Baum drücken mussten. Der Russe war nicht sehr groß, aber stark. Da war ohnehin nicht mehr viel „Fleisch“, das den Baum hätte halten können, und wir schafften es. Mit einem lauten Krachen stürzte die Kiefer zu Boden. Bis spät in der Nacht brachte ich das Holz nach Hause.

Seit langem hatten wir wieder einen Braten auf dem Tisch. Wir hatten gestern mit den Russen „Siebzehn und vier“ gespielt. Ein Spiel, das sie eigenartigerweise auch kannten. Einer gab und man musste aufpassen, dass man den 21 Augen so nahe wie möglich kam, durfte aber diese Augenzahl nicht überschreiten. So spielten wir es zumindest. Wir saßen auf Holzklötzen und die Sonne schien. Die Russen kochten Kartoffeln. Der Topf, der ein großes Loch hatte, musste erst repariert werden. Als ich den Topf sah, dachte ich so bei mir: „Wie wollen sie dieses Loch flicken?“

Aljoscha, so hieß der eine Russe, musste wohl an meinem Gesichtsausdruck gesehen haben, was ich überlegte.

Er lächelte, nahm ein Messer aus der Tasche und schnitt einen Ast von einer Robinie ab. Von dem nahm er ein circa fünf Zentimeter langes Stück, schälte die Rinde ab und steckte es in das Loch des Topfes. Nun stand der Topf schon auf dem offenen Feuer. Ich schaute ab und zu hin und war mir nicht sicher, ob die geflickte Stelle wohl halten würde. Ich erwartete, dass der Topf jeden Moment auslaufen würde, doch das tat er nicht und die Kartoffeln wurden gar.

Welche Mühe kostete es, zu Hause einen Topf zu flicken! Aber Mutter würde mit einer solchen Lösung kaum einverstanden sein.

Kurz bevor die Kartoffeln gar waren, war Kolja verschwunden. Im Innern flüsterte mir eine Stimme zu, ich solle nachschauen, wo er hin wollte.

Ich stand auf und beobachtete, dass er in eine der großen Hallen, unweit des Wachgebäudes, vor dem wir saßen, ging. Er kam mit einem Teller voll Fleisch wieder.

Es war viel Fleisch auf dem Teller, doch von dem würden wir bestimmt nichts abbekommen, dachte ich. Ein paar Kartoffeln würden sie uns vielleicht geben. Kolja, der anscheinend für die Kocherei zuständig war, schnitt das Fleisch in Würfel, legte ein Blech auf das Feuer und schüttete das Fleisch darauf.

Dann verteilte er die heißen Kartoffeln auf dem Tisch, so kühlten sie ziemlich schnell ab.

Ein Teil der Kartoffeln war aufgeplatzt, sie sahen recht appetitlich aus. Die Russen forderten uns mit verständlicher Gestik auf, zuzulangen.

Die Kartoffeln schmeckten köstlich und wir bekamen sogar noch etwas von dem gedörrten Fleisch. Es war ziemlich hart, aber wir hatten ja noch kräftige Zähne.

Als wir nach Hause kamen, war es schon dunkel. Helmut und ich beschlossen, noch einmal zu den Russen zu schleichen, um den Platz zu inspizieren, von dem der Russe das Fleisch geholt hatte.

Vorsichtig schlichen wir uns durch die Kuscheln. Nun trennte uns nur noch ein circa fünf Meter breiter Waldweg von unserem Ziel.

Das nächste Krähennest, das mit einem Posten besetzt war, befand sich 20 Meter rechts von uns. Es war sehr dunkel und der uns umgebende Wald machte uns ein wenig Angst und ließ alles noch unheimlicher erscheinen. Der Posten auf dem Krähennest rührte sich nicht. Helmut schaute in seine Richtung. Er dachte wohl das Gleiche wie ich und raunte mir zu: „Ich schleiche mich jetzt zum Zaun. Wenn ich durch bin, kommst du hinterher.“ Nun ging alles schnell. Helmut schlüpfte unter den Zaun hindurch, er hielt den Maschendraht hoch, so dass ich bequem hindurchklettern konnte. Der Posten bemerkte nichts, vielleicht pennte er.

Das Tor vor der Halle war mächtig hoch. Helmut machte die Räuberleiter und so war es schnell geschafft. In die Halle schien ein wenig Licht von der Straßenbeleuchtung. Ich konnte mich ganz gut orientieren. Es standen dort ein paar Lastwagen und es lag eine Menge Baumaterial herum. Von Fleisch war nichts zu entdecken. Vorn rechts war ein Verschlag, den ich noch inspizieren musste.

Vor der Tür hing ein großes Schloss, aber in der Bretterwand war ein Loch. Dort fehlte noch das Fenster. Ein Erwachsener würde nicht hindurchkommen. Ich war jedoch sehr schlank, um nicht zu sagen dürr, und hatte damit keine Probleme. Nur die Höhe musste ich irgendwie überbrücken. Mit zwei Böcken, von denen genügend herumstanden, und einer Bohle schaffte ich es. Auf der anderen Seite der Holzwand konnte ich ein Fass erkennen. Ich schob mich durch das Loch, es war verdammt eng, und erreichte mit den Händen das Fass. Als ich mich an die Dunkelheit gewöhnt hatte, erkannte ich, dass ich in der Speisekammer war. Kartoffeln, Kohl und das Fass befanden sich hier. Vorsichtig hob ich den Deckel vom Fass. Erkennen konnte ich nichts, aber es roch angenehm nach Fleisch. Schnell holte ich einen Beutel aus der Hosentasche und steckte zwei größere Fleischstücke hinein. Nun deckte ich das Fass wieder zu und schob mich zurück durch die Öffnung. Nachdem ich die Böcke wieder weggeräumt hatte, klopfte ich an das Tor. Helmut reagierte mit ängstlicher Stimme. „Nun mach schon, ich vergehe hier fast vor Angst“, sagte er.

Ich kletterte am Tor empor und zwängte mich durch den schmalen Spalt darüber. Den Beutel mit dem Fleisch hatte ich mir mit einem Strick auf den Rücken gebunden.

Bis zu Hause sprachen wir kein Wort miteinander, die Angst steckte uns in den Gliedern.

Der Beutel mit dem Fleisch war ganz schön schwer. Ich hatte in der Aufregung gar nicht gemerkt, dass der Strick tief in die Schulter eingeschnitten hatte. Es schmerzte sehr. Das Fleisch wurde geteilt und die Freude über den Fang ließ mich alle Pein vergessen.

Eine Woche später schauten wir vorsichtig nach, ob die Posten noch da waren. Wir hatten wegen des Fleischdiebstahls ein schlechtes Gewissen. Alle waren weg, doch wir trauten uns trotzdem nicht hin.

Am nächsten Tag fassten wir uns ein Herz und gingen zu den Posten. Doch die waren böse, beschimpften uns und sperrten uns in ein Zimmer des Wachgebäudes. Im dem Zimmer stand eine von Wand zu Wand reichende Holzpritsche, auf die eine dicke Schicht Stroh aufgebracht war. Auf dem Stroh lagen Planen.

Sicher verbrachten die Posten hier ihre Pausen.

Die Tür war nur angelehnt, wir hätten flüchten können, aber draußen saßen ja die Posten.

Nach zwei Stunden mussten wir dringend auf die Toilette. Die Posten wollten wir nicht rufen und so urinierten wir in einer Ecke ins Stroh.

Es wurde schon langsam dunkel. Ab und an lugte ein Posten zu uns hinein und lachte.

Dann endlich durften wir hinaus. Sie schimpften uns noch mal aus. Ich dachte: „Was wird nun?“

Einer der Posten ging weg, mir wurde ganz heiß. Er kam wieder und hatte drei Brote sowie drei Stücke fetten Speck im Arm. Wir waren zu dritt!

Jeder von uns bekam Speck und Brot und wir rannten nach Hause.

Weil wir nicht nach Hause gekommen waren, war Mutter zu den Posten gegangen.

Sie hatten ihr in Zeichensprache erklärt, wir würden zur Strafe bis zum Hals im Wasser stehen.

Die Jahre der Schulzeit waren schnell vergangen. Nun war es endlich so weit und ich konnte Geld verdienen, doch vor dem Beruf stand die Lehre. Ich wollte gerne Elektriker werden, aber bei der Berufsberatung hatte man mir gesagt, das sei ein Modeberuf, den zu viele erlernen wollten und es sei keine Stelle frei. Nur für Maurer oder Zimmermann. Mutter meinte, ich solle Maurer lernen. Sie hatte schon mit dem Herrn Molch, der Polier war, gesprochen.

Meine Zensuren im Abschlusszeugnis waren nun mal nicht die besten.

Die Zahl der Möglichkeiten war ohnehin sehr beschränkt.

Am nächsten Tag ging Mutter mit mir zu Herrn Molch.

Er war nicht sehr groß, so ungefähr 1,65 Meter.

Mutter hatte Bedenken, dass ich mit meinen 1,40 Meter zu klein für den Beruf sein könnte, die Herr Molch jedoch zerstreute. Mit dem Zeugnis würde es sicherlich auch keine Probleme geben, sagte er.

Es heiße doch, sagte er lächelnd, der dümmste Bengel in der Familie lerne Maurer.

Er meinte noch zum Abschied, es sei wohl besser, wenn ich bei einem Privatbetrieb anfangen würde, da lerne man mehr als bei den VEB.

Er hatte Mutter auch gesagt, was ich alles für die Lehre brauchte. Am nächsten Tag ging ich zu dem Baubetrieb, welchen er uns empfohlen hatte.

Mein Zeugnis wollte dort niemand sehen. Herr Molch hatte wohl schon vorgesprochen, denn ich wurde sofort für den ersten September eingestellt. Maurerkelle, Hammer und Wasserwaage hatten wir bekommen, aber ein Zollstock und Arbeitskleidung waren nicht aufzutreiben gewesen.

Mutter hatte mir eine Hose von Vater, die natürlich viel zu weit war, kürzer gemacht. Sie wurde mit einem Riemen zusammengehalten und sah eher wie ein Rock aus.

Am ersten September packte ich das Handwerkszeug und ein paar Stullen in den Rucksack und machte mich mit gemischten Gefühlen auf den Weg.

Die anderen beiden Lehrlinge sahen richtig zünftig aus. Ich schämte mich und konnte ihr Grinsen, als sie mich höhnisch musterten, nicht übersehen.

Wir mussten auf ein Gerüst klettern, nachdem uns der Polier eingewiesen hatte. Ich werde diesen Tag wohl nie vergessen. Wir mussten Putz abklopfen. Der Kalkstaub drang im Nu durch die dünnen Hosen, die Halbschuhe konnten ihm auch nicht widerstehen, die Füße brannten fürchterlich. Ich musste die Schuhe mehrmals ausziehen, um die Kalkstücke auszuschütten. Der andere Lehrling hatte damit keine Probleme. Sein Arbeitsanzug war dick genug, um den Staub abzuhalten und Steiger und Mauersocken schützten seine Füße.

Morgen würde ich auch Steiger, das sind Holzpantoffeln ohne Hacken, haben, dachte ich. Ich war gestern schon bei Stößer gewesen. Er hatte die für mich passenden Leisten schon beiseitegelegt, aber er hatte kein Leder. Doch ich hatte auf dem Boden eine alte Aktentasche von Vater gefunden. Deren Leder war von Ratten ein wenig angenagt, aber für ein paar Steiger würde es noch reichen.

Nach einem halben Jahr Lehre erzählte mir Helmut, der bei einem anderem Privatbetrieb angefangen hatte, sein Ausbildungsunternehmen sei pleite. Er habe sich schon eine neue Lehrstelle bei der Bau-Union-Potsdam gesucht, die würden noch Lehrlinge aufnehmen. Wenn ich Lust habe, solle ich mich auch dort bewerben. Der Gedanke gefiel mir gut. Bisher hatte ich sowieso nur Hilfsarbeiten ausgeführt oder für die Maurer Stumpfen und Bier holen müssen. Als ich mich bei dem Polier einmal darüber beschwert hatte, hatte ich zur Antwort bekommen, das sei schon immer so gewesen. Im Büro hatte man nichts dagegen, dass ich den Betrieb wechseln wollte. So ging ich mit Helmut nach Potsdam.

Hier waren wir Lehrlinge unter uns. Vier Klassen mit je 25 Lehrlingen. Nach einer Woche Berufsschule, in der wir unter anderem die Verbände lernten, ging es los mit dem Mauern.

Nein, nein nicht auf dem Bau, sondern nur so mit Lehm, nach dem Motto: „Meister ich bin fertig, kann ich abreißen?“

Zum ersten Mal konnte ich meine Kelle benutzen.

Der Lehrmeister kontrollierte die Arbeit und gab uns Hinweise.

Wir schliefen im Internat und wurden dort auch verpflegt. Zu Anfang war es noch sehr eng, da das Internat noch nicht ganz fertig war, und 20 Mann mussten sich ein Zimmer teilen. War das ein Mief!

Die Unterrichtsräume waren neu und modern eingerichtet.

Der Unterricht machte mir viel Spaß. Nur mit dem Zeichnen kam ich nicht so richtig zurecht. Nach einem Jahr kamen wir auf den Bau, als Jugendbrigade. Im letzten Lehrjahr teilte man uns auf die Brigaden der Altmaurer auf. Ich fand mich mit der Zeit mit diesem Beruf ab, aber so ein richtiger Maurer sollte ich nie werden.

Es war Winter und zwar ein ziemlich kalter. Wir arbeiteten trotz minus 20 °C auf dem Bau. Im meinem Rücken, gleich hinter dem Kalkkasten, stand ein Kokskorb, den der Hucker, so hieß bei uns der Handlanger, schon sehr zeitig angefacht hatte. So blieb der Mörtel flüssig und die neben dem Kalkkasten aufgestapelten Mauerziegel konnten nicht zusammenfrieren. Sie waren aber sehr kalt und meine Hände hatten tiefe Risse, die furchtbar schmerzten. Doch wen interessierte das schon?

Die alten Maurer hatten damit keine Probleme. Sie hatten eine so dicke Hornhaut an den Händen, dass ihnen der Frost wenig anhaben konnte. In der Mittagspause, in der wir uns in der Baubude ein wenig aufwärmen konnten, zeigte ich einem Altmaurer meine Hände. Er empfahl mir eine sonderbare Medizin. Er meinte, ich solle auf die Hände pinkeln. Ihm musste es auch etwas peinlich gewesen sein, das zu sagen, denn als wir die Baubude verließen, flüsterte er mir zu: „Was ich dir gesagt habe, das hilft, aber behalte es für dich."

Zuerst dachte ich, es sei ein Witz.

Zu Hause probierte ich es dann. Es brannte fürchterlich, doch am nächsten Morgen verspürte ich schon ein wenig Linderung. Nach drei Tagen waren die Risse fast verheilt.

Der Altgeselle fragte mich nach drei Tagen, ob es geholfen habe. Ich zeigte ihm meine Hände und er brummte: „Na siehste!" Er fügte nochmals hinzu, ich solle diese Prozedur für mich behalten. Ich dachte mir, dass er wohl befürchtete, er und auch ich würden verlacht werden, wenn andere von seinem Tipp erführen.

Wir hatten in der DDR die HO (Handelsorganisation) und den Konsum (eine Konsumgenossenschaft), dem jeder beitreten konnte. Meine Mutter war auch Mitglied. Beim Eintritt in die Genossenschaft war ein Obolus zu entrichten. Mutter klebte Marken in ein Heft und am Jahresende gab es eine Ausschüttung. Dann gab es noch die Kommissionshändler. Sie bekamen die Waren vom Staat und erhielten eine Prämie, abhängig von der Höhe ihres Umsatzes. Und es gab einzelne Privatgeschäfte. Die Kälte hielt weiter an und in der nächsten Woche würde unsere Prüfung sein. Von zu Hause bis zur Baustelle waren es zehn Kilometer mit dem Fahrrad. Meine Kleidung war sehr dürftig, doch beim Radfahren wurde es mir warm.

Am Tag der Prüfung grübelte ich den ganzen Weg. Letzte Nacht hatte ich auch ziemlich schlecht geschlafen. Die Kokskörbe waren schon durchgeglüht, der Mörtelkasten war gefüllt. Das Mauerwerk war durchgefroren, so dass ein Ziegel, den ich auf den Mörtel legte, sofort festfror. Eine Korrektur war nachträglich nicht mehr möglich. Dementsprechend sah das fertige Mauerwerk auch aus.

Als der Polier nach einer Stunde vorbeikam und die Arbeit abnahm, wusste ich, ohne dass er eine Bemerkung fallenließ, dass ich durchgefallen war.

Auf der Heimfahrt war ich sehr traurig. Mutter merkte sofort, dass mit mir irgendetwas nicht in Ordnung war. Ich beichtete ihr alles. Sie beruhigte mich und meinte: „Dann kannst du eben nicht vorzeitig deine Lehre beenden.“ Drei Lehrlinge hatten es nicht geschafft. Meine Kumpel waren nun Vollgesellen und kamen auf eine andere Baustelle. So wurden wir auseinandergerissen, was mich stark bedrückte. Hinzu kamen die Hänseleien über die nicht bestandene Prüfung, die ich über mich ergehen lassen musste.

Ein halbes Jahr später klappte es dann. Nun war ich auch Geselle oder Facharbeiter, wie man das jetzt bezeichnete.

Obwohl ich mich ehrlich bemühte, konnte ich in diesem Beruf nicht richtig Fuß fassen.

Mein Nachbar, der lange zur See gefahren war, hatte mir immer in höchsten Tönen so allerhand von der Christlichen Seefahrt vorgeschwärmt. Vielleicht war viel Seemannsgarn dabei gewesen, aber mir hatte das alles schon ungeheuer imponiert. So ging ich mit dem Wunsch schwanger, einmal Seemann zu werden.

Obwohl der letzte Weltkrieg noch gut in Erinnerung war und an den Wänden noch allerorts „Nie wieder Krieg“ zu lesen war, war man nach Gründung der DDR eifrig dabei, mit der Kasernierten Volkspolizei einen antifaschistischen Schutzwall aufzubauen. Die weitverbreitete Losung „Nie wieder nimmt ein Deutscher eine Waffe in die Hand“ verschwand damit endgültig.

In der letzten Woche waren die Werber für die Kasernierte Volkspolizei wieder auf der Baustelle gewesen. Sie wollten natürlich nur junge Leute. Die Altmaurer waren alle beim Kommiss gewesen, wie die frühere Armee genannt wurde, und rieten uns ab. Die Werber stellten die Entwicklungsmöglichkeiten in den Vordergrund, die für junge Menschen während des Dienstes und nach Ablauf der Verpflichtung gesetzlich gesichert waren.

Sie legten auch dar, dass nach der Grenzpolizei zur See einer Anstellung bei der Handelsmarine nichts mehr im Wege stehen würde.

Diese Möglichkeit war für mich sehr interessant, denn ich wollte schon sehr gerne zur See fahren und der direkte Weg zur Marine stand nur sehr wenigen offen.

Ich wurde nun diesbezüglich bei den Werbern vorstellig.

Sie bestätigten mir die Chance, die Sache hatte aber einen Haken, wie ich später feststellen sollte, als nichts mehr zu ändern war. Ich war jung und alles, was die Werber mir erzählt hatten, war mir logisch erschienen. Dieses Vertrauen, das wurde mir im Nachhinein klar, hatte viel damit zu tun, dass ich mich auf meiner Arbeitsstelle nicht wohlfühlte.

Ich war körperlich zu schwach, um das Tempo der Akkordarbeit durchzuhalten. So meldete ich mich zu den Elektrikern. Die Arbeit in dem Reifenwerk, in dem ich für die Elektriker Stemmarbeiten ausführte, war sehr dreckig. Doch das Schlimmste war der Gestank, der mir auf den Magen schlug und diesen fest verschloss, so dass ich eine ganze Woche nichts Richtiges essen konnte. Der Lohn war auch sehr schmal. Die Kollegen waren eigentlich ganz nett. Sie bemerkten meine Appetitlosigkeit und meinten, dass das nur eine Gewöhnungsfrage sei, wogegen mein Innenleben energisch protestierte.

An einem Sonntag, wir waren schon ziemlich zeitig aufgestanden, gingen wir in die Blaubeeren, auch Heidelbeeren genannt.

Es war noch sehr frisch, als wir aus dem Haus traten. Gut, dass wir Jacken übergezogen hatten. Den Wald hatten wir eigentlich vor der Tür, doch bis zu den Blaubeeren war eine dreiviertel Stunde Fußmarsch zu bewältigen. Auf dem Weg gab es, wenn man die Augen aufmachte und sich leise verhielt, viel zu entdecken. Es huschten Rehe und Hasen durch den Wald.

Ein Eichhörnchen betrachtete uns von einem Baum herab. Große Spinnennester, kunstvoll gewebt, hingen in den kleinen Kiefern am Rande des Weges. Tautropfen im Spinnennetz glitzerten in der aufgehenden Sonne.

Nun waren wir angekommen. Einige Blaubeerpflücker waren schon vor Ort.

Mutter stellte den Wassereimer, der ein Fassungsvermögen von circa zwölf Litern hatte, auf einen abgesägten Baumstumpf.

Er thronte dort wie ein Mahnmal. „Wie viel von diesen kleinen Blaubeeren müssen wir wohl sammeln, ehe er gefüllt sein wird?“, ging es mir durch den Kopf und mir war, als ob ich schon die Rückenschmerzen spürte, die doch erst viel später kamen.

Das Wetter musste perfekt gewesen sein, denn es waren viele Blaubeeren an den Sträuchern und sie waren fast alle reif und groß. Wenn der Boden der kleinen Töpfchen, in die wir die gepflückten Beeren hineinlegten, bedeckt war, hatten wir den Anfang geschafft. Ab und zu aßen wir auch einige.

Nun war das erste Töpfchen voll und ich schüttete es in der Eimer. Mutter musste ihr Töpfchen auch schon ausgeschüttet haben, aber der Boden des Eimers war noch lange nicht bedeckt. Nach zwei Stunden war der

Eimer halb voll. Jetzt war es schon sehr warm und die Mücken piesackten uns. Die Kleinen hatten schon lange das Pflücken eingestellt.

Mittag hatten wir es geschafft. Der Eimer war voll und es ging nach Hause.

Einmal fuhr ich mit Mutter nach Westberlin. In Neukölln verhökerten wir Blaubeeren auf dem Markt. Mutter hatte vor jedem Polizist, den wir sahen, eine höllische Angst. Mir war auch nicht so ganz wohl zumute. Viel Geld konnte Mutter nicht einnehmen. Es waren wohl so um die fünf Mark. Sie kaufte Lachsschnitzel und Margarine und für mich etwas Lakritze. Die Läden waren voller Waren, doch wir hatten nicht das richtige Geld. Auf der Rücktour schob Mutter die Tasche unter den Sitz. Manchmal kamen an der Grenze Zöllner oder Polizisten durch den Zug und sie hatte Angst, dass sie uns das Eingekaufte wegnehmen würden, doch es ging alles glatt.

Es war noch ziemlich dunkel und Helmut und ich hatten vom Schippen des Sandes schon Schwielen an den Händen. Es war Sonntag und in der Siedlung schliefen noch alle. Helmut hatte gestern, als er durch den Wald geschlendert war, ein Kabelende entdeckt. Achtpoliges Kupfer. Nun wollten wir das ausgraben. Wir isolierten es zuerst ab, jede Phase einzeln. Nun zogen wir alle Phasen mit einer Schlinge zusammen. Es funkte nicht, also floss kein Strom in der Leitung. Eine Stunde buddelten wir schon. Ich schätzte, 20 Meter waren freigelegt. Wir hatten den weißen Sand auf die linke Seite und den dunkleren Boden auf rechte Seite geschippt. So konnten wir den Graben wieder so verfüllen, dass niemand bemerken würde, dass wir hier gebuddelt hatten. Helmut schaute, ob jemand in der Nähe war.

„Wir sollten jetzt aufhören, sonst werden wir noch entdeckt“, meinte Helmut. „Das wäre schade, denn sie würden uns das Kabel wegnehmen.“

Zum Abtrennen des Kabels hatte ich eine Eisensäge mitgebracht.

Das Blatt war sehr stumpf, aber ich schaffte es. Helmut hatte in der Zeit den halben Graben zugeschippt. Den Rest machten wir gemeinsam. Das Kabel war sehr steif und ließ sich nur mit großer Mühe aufrollen. Ein Glück, dass wir den Handwagen mitgenommen hatten.

Endlich hatten wir es geschafft. Nun noch alles mit einer alten Decke zugedeckt und ab ging es nach Hause.

Wir hatten Schwein. Niemand hatte uns gesehen. Wenn es nicht entdeckt würde, dass wir gegraben hatten, was natürlich bei den vielen Schatz- oder besser Buntmetallsuchern ein Zufall wäre, würden wir eventuell noch den Rest bergen können.

Doch es musste uns, anders als wir gedacht hatten, doch jemand beobachtet haben, denn am nächsten Tag war das letzte Stück Kabel ausgebuddelt. Es waren noch ungefähr zwei Meter gewesen. Den Graben hatten sie nicht einmal wieder zugeschippt.

Das Entfernen der Isolierung ging am schnellsten mit Feuer. Eine Methode, die für uns allerdings nicht in Frage kam, denn es wäre nicht gut, wenn andere wüssten, dass wir fündig geworden waren.

Mit einer großen Blechschere, die ich in den Schraubstock spannte, schnitt ich das Kabel in ein Meter lange Stücke. Nun schärfte ich ein altes Messer mit einem Schleifstein und begann mit dem Abisolieren. Eine langwierige Arbeit.

Das würde ein schönes Stück Geld bringen, wenn wir es nach Westberlin schafften.

Wir wickelten den Draht so eng wie möglich zu Knäuel zusammen, die je ungefähr fünfhundert Gramm wiegen. 20 Kilo mal fünf Mark, das sind 100 Westmark, ein schöner Batzen Geld. Mit viel Angstschweiß fuhren wir mit der S-Bahn nach Westberlin.

Wir erhielten sogar sieben Mark pro Kilo. Ich brachte Lachschnitzel und Margarine sowie für Mutter Kaffee mit.

Sie freute sich über all das natürlich riesig. Nun konnte ich mir für mein altes Fahrrad, das noch auf Vollgummi lief, Mäntel und Schläuche kaufen.

Eines Tages, als die Werber wieder auf die Baustelle kamen und ich mich über einige Unverschämtheiten eines Altmaurers geärgert hatte, unterschrieb ich eine Verpflichtung für drei Jahre.

Dann ging alles wie im Flug. Nun fuhr ich zum ersten Mal weit weg von zu Hause. Ich war richtig froh, als ich in dem Zug saß, der Richtung Karl-Marx-Stadt fuhr. Die Fahrkarte hatte ich unentgeltlich erhalten. Von dort ging es weiter Richtung Frankenberg in Sachsen.

Diese lange Fahrt gefiel mir und beeindruckte mich sehr.

Wir wurden vom Bahnhof mit dem LKW abgeholt. Auf dem Kasernenhof herrschte reger Betrieb. Unteroffiziere brüllten Befehle über den Platz, Soldaten marschierten in Reih und Glied, was manchmal noch nicht so ganz hinhaute.

Unser Zimmerfenster ging direkt auf den Exerzierplatz.

Plötzlich raunte neben mir jemand: „Das sind die Neuen, schau dir das ruhig richtig an. Morgen seid ihr dran." Ich drehte mich um und blickte in das grinsende Gesicht eines schon etwas älteren Feldwebels. Der Ruf „Kommen Sie endlich her und fassen Sie Ihre Klamotten" riss mich jäh aus meiner Gedankenwelt.

Die Uniform passte, nur die Hosen waren ein wenig zu lang, aber das machte nichts, denn sie wurden ohnehin in die Stiefel reingezogen. Mit den Klamotten unter dem Arm ging ich auf mein Zimmer.

Es war ein nicht allzu großer Raum mit acht Betten und acht Nachtschränken.

Die zivile Kleidung und den Wintermantel musste ich in der Kleiderkammer abgeben. Rechts und links des Raumes standen zwei Doppelstockbetten und für jedes Doppelstockbett zwei Nachtschränke übereinander. Der Feldwebel hatte uns im Nachbarzimmer gezeigt, wie ein vorbildlich eingeräumter Nachtschrank auszusehen hatte.

Alles lag exakt auf Kante. Auch der Bettenbau, den zu Hause meine Mutter erledigt hatte, war hier offensichtlich eine Spezialität für sich. Jetzt musste ich wieder an den Altmaurer denken, der uns vor dem Kummis gewarnt hatte. Gab es das etwa immer noch? Inzwischen waren wir schon sechs Mann auf dem Zimmer. Ich hatte schon mal einen Blick auf den Dienstplan, der auf dem Korridor hing, geworfen.

Wecken war um fünf Uhr, danach kamen Frühsport und Frühstück, Dienstbeginn war um sechs Uhr. Eine Mittagspause von 13 bis 15 Uhr unterbrach den Dienst, der bis 17 Uhr ging. Ab 22 Uhr herrschte Nachtruhe.

Nachdem ein paar Flaschen harten Alkohols geleert waren, kroch ich in den Bettbezug hinein und deckte mich mit der Decke zu.

Der laute Ruf „Nachtruhe beendet“ riss mich unsanft aus dem Schlaf. Ehe ich mich richtig besinnen konnte, in meinem Kopf brummte es fürchterlich, und ehe ich mir darüber klarwurde, wo ich überhaupt war, wurde die Tür aufgerissen, ein Unteroffizier stürmte ins Zimmer und schrie: „Heraustreten zum Frühsport!“

Mit freiem Oberkörper stürmten wir die Treppe hinunter.

Arme in die Hochhalte, zwei Mal nach hinten und zwei Mal nach vorn beugen, so dass die Fingerspitzen die Fußspitzen berührten: So begannen die Übungen.

Bei den Liegestützen sah man tolle Verrenkungen.

Der Unteroffizier schrie: „Nehmt den Arsch runter und beugt die Arme richtig durch!“ Der Körper blieb dabei gestreckt.

Nach dem Frühsport ging es im Laufschritt auf die Zimmer. Im Waschraum gab es nur kaltes Wasser.

Beim Rasieren hatte man das Gefühl, sich selbst zu skalpieren. Nun marschierten wir geschlossen zum Frühstück. Die Tische hatte der Tischdienst schon eingedeckt. Sie nahmen fast die ganze Breite des Raumes ein, es verblieb nur noch ein schmaler Gang. An den Tischen standen Bänke, welche die gleiche Länge hatten. Es gab Brot, Marmelade und ein kleines Stückchen Butter. Wer wollte, konnte sich Milchsuppe holen. Ich löffelte die Grießsuppe, sie schmeckte nicht schlecht. Nun blieb gerade noch Zeit für eine Marmeladenstulle.

Die Monate vergingen schnell mit Exerzieren, Waffenreinigen und dem Absolvieren der Fahrschule. Nach einem Jahr, das war mir beim Unterschreiben der Verpflichtung versprochen worden, sollte es zur See gehen.

Wir hatten an den Uniformen verschiedenfarbige Spiegel.

Ich hatte schwarze Spiegel, die standen für das KFZ-Bataillon. Gelbe Spiegel hatten die Funker, man nannte sie auch die Ohrenabschneider. Bei einer Rangelei im Suff sollte ein Soldat, so erzählte man es, an den Ohren verletzt worden sein.

Gestern hatte ich Wache im Knast gehabt. Ich zog mit einem Karabiner K98 auf, nachdem ich vergattert worden war. Die „Knastis" waren alle Längerdienende mit entsprechender Erfahrung, die mir natürlich fehlte. Ich hatte kaum meinen Posten eingenommen, da klopfte einer energisch gegen die Zellentür.

Ich öffnete das kleine Guckloch und fragte, warum er so einen Radau mache. Er antwortete, er müsse pinkeln, ich solle sofort die Tür öffnen, sonst pinkele er in die Zelle. Ich wusste nicht so recht, wie ich mich verhalten sollte. Ich schulterte meinen Karabiner und schob den Riegel zurück. Der Knasti drückte mich beiseite, er war mehr als einen Kopf größer als ich, und ging nicht Richtung Toilette, sondern schob die Riegel der anderen Türen auf. Dienstbeflissen nahm ich den Karabiner in den Anschlag.

Ich zitterte am ganzen Körper, meine Aufgabe war es doch, darauf zu achten, dass niemand aus dem Knast ausbrach. „Stell die Knarre in die Ecke, Kleiner, sonst nehmen wir sie dir weg und zerkloppen sie und dann bekommst du viel Ärger. Von uns läuft keiner weg, dafür werde ich schon sorgen", sagte der Knasti, den ich herausgelassen hatte. Zitternd warf ich mir den Karabiner wieder über die Schulter und hielt ihn am Riemen krampfhaft fest. Alle Knastis kamen aus den Zellen auf den Korridor. Sie öffneten die Fenster, es war ein wunderschöner Tag. Sie beachteten mich überhaupt nicht. Ich hatte mich in die Ecke neben der Tür zurückgezogen und wagte nicht zu protestieren, als mehrere den Korridor in Richtung Toilette verließen. Ich wie gelähmt vor Angst, dass sie alle jeden Moment auf mich losgehen und mir das Gewehr wegnehmen könnten. Ein älterer Gefreiter, der von der Toilette kam, nahm sich meiner an.

Er kam auf mich zu und fragte, wie lange ich schon dabei sei. „Seit einer Woche", brachte ich stotternd heraus. „Wir haben hier alle nichts Richtiges verbrochen“, sagte er. „Ich habe zu dem Gruppenführer, als er meinen Nachtschrank zum dritten Mal ausgekippt hatte, ‚dumme Sau‘ gesagt und ihn in den Arsch getreten. Da waren drei Tage Bau sicher.

Ein richtiger Soldat muss auch mal im Knast gesessen haben.“ Plötzlich hörten wir einen Bums und alle schauten aus den Fenstern. Ich kämpfte mich dorthin durch. Der Schreck fuhr mir in alle Glieder. Ein Soldat hatte sich, auf dem Fensterbrett sitzend, um auf die Turmuhr zu schauen, zu weit hinausgebeugt und war hinausgefallen. Der Knast befand sich Parterre. Als ich hinaussah, klopfte er sich schon den Staub ab. Ich schrie: „Alle in die Zellen, marsch!“ Es funktionierte. Alle gingen eilig in ihre Zellen. Ich schob die Riegel vor und rannte raus. Der Soldat kam mir schon entgegen. Er beteuerte, es sei ihm nichts passiert. Er sah noch etwas benommen aus.

Ich überlegte krampfhaft, ob ich nach der Wachablösung über das Vorkommnis Meldung machen sollte. Aus Angst ließ ich nichts verlauten. Ändern konnte ich ohnehin nichts mehr.

Bei den Mahlzeiten ging es immer ziemlich hektisch zu. Am schlimmsten war es beim Abendbrot. Vor dem Speiseraum in Reih und Glied angekommen, stürzten sich alle in den Raum.

Der Tischdienst wurde immer schon vorher abkommandiert.

Auf dem Abendbrotteller lagen in der Regel je eine dünne Scheibe Leberwurst und Fleischwurst sowie circa 50 Gramm Butter. Wenn man sein Abendbrot nicht schnell erreichte und sicherte, konnte es passieren, dass ein Teil fehlte. Es waren, wie man so sagte, alles junge Burschen mit einem gesegneten Appetit.

Der Sold war sehr schmal bemessen. Trotzdem ging ich, wenn ich es gar nicht mehr aushielt, in die Verkaufsstelle und kaufte mir eine Bockwurst mit Brötchen und eine kleine Flasche Kondensmilch. Ich setzte mich dann irgendwo in die Sonne und schob mir das Essen genüsslich hinter die „Kiemen“. So richtig satt wurde ich davon natürlich nicht, aber ein Vergnügen bereitete es mir schon.

Nun hatten wir schon mittwochs oder sonnabends Ausgang. Bisher war das nur in der Gruppe möglich gewesen. Der Ausgang hatte Folgen: Drei meiner Kameraden spürten einen starken Juckreiz in den Hosen. Sie hatten sich Sackratten eingefangen. Ich meinte, sie sollten zum Sani gehen, aber das wollten sie nicht. Nun war guter Rat teuer. Es musste ja auch verhindert werden, dass die Filzläuse auf die anderen hinüberhüpften.

„Tetra wäre gut“, meinte Marbot. Er war Schmied und hatte auch die entsprechende Figur. Wir gingen alle in den Waschraum, der Schmied hatte einen Tetralöscher organisiert.

Wir hatten beschlossen, dass jeder noch einmal selbst kontrollieren sollte, ob er schon befallen war. Als die drei mit dem Juckreiz die Hosen herunterzogen, bekam ich einen richtigen Schreck. Rund um den Penis war alles knallrot. Bei zwei weiteren Kameraden fanden sich auch Sackratten. Die Befallenen stellten sich einer Reihe auf und der Schmied begann, sie mit dem Feuerlöscher zu bearbeiten.

Albin sagte mir am nächsten Tag, dass der Juckreiz weg sei, sich aber Blasen gebildet hätten. Offensichtlich hatte die Pferdekur geholfen. Die Haut schälte sich teilweise ab, aber alle hatten die Prozedur ohne erkennbare Schäden überstanden.

Die Grundausbildung war vorbei und wir hatten jetzt den Kurs zur Erlangung der Fahrerlaubnis. Das machte mir richtigen Spaß, auch wenn es mit dem geräuschlosen Schalten nicht immer so einwandfrei klappte, denn die russischen LKW SIS hatten einen engen Schaltweg.

Die Umgebung, die wir durchfuhren, war neu und sehr interessant.

Nun war ich nach erfolgreicher Absolvierung der Fahrprüfung Besitzer der Fahrerlaubnis Klasse zwei. Ich durfte nun alles außer Krädern über 150 Kubikzentimetern fahren.

Jetzt wurde ich in die KTS, das war die Kompanie für technische Sicherstellung, versetzt. Ich musste Panzer, Panzerspähwagen (Bobbis) und Schützenpanzerwagen fahren lernen. Nun saß ich zum ersten Mal in einem lebenden Sarg, wie man den Panzer bei uns nannte.

Der Fahrlehrer saß neben mir, wies mich noch kurz ein und los ging es. Den Gang musste ich mit beiden Händen einlegen.

Der Panzer ruckte an – abgewürgt! Beim zweiten Versuch klappte es dann. Das Schalten war eine Quälerei. Das Lenken mit zwei Pedalen und zwei Steuerknüppeln musste auch geübt werden, sonst drehte man sich ganz schnell um die eigene Achse. Es schaukelte ganz schön in dieser Kiste. Plötzlich, als ich aus einer Senke kam, stand ein Baum auf meinen Weg. „Umfahren“, tönte es aus meinem Kopfhörer. Ich hielt direkt auf den Baum zu. Der Fahrlehrer stieß mich mit dem Ellenbogen in die Seite und schrie: „Mensch fahre rechts vorbei!“ Zu spät. Das Grüne der Baumkrone peitschte durch die offene Luke und ich machte vor Schreck eine Vollbremsung. Jetzt hatte ich bestimmt etwas falsch gemacht und es würde eine Standpauke geben.

Doch der Fahrlehrer sah mich an, lächelte und sagte, es sei manchmal ein Graus mit der deutschen Sprache. „Ich meinte, Sie sollen um den Baum herumfahren.“

Heute war Mittwoch, da ging es ins Gesellschaftshaus zum Tanz. Willi hatte Geburtstag. Das war ein triftiger Grund, uns tüchtig einen auf die Lampe zu gießen, wie wir immer sagten.

Ziemlich angedröhnt und etwas verspätet kam ich an der Kaserne an. Ich musste den zweiten Haupteingang nehmen.

Ein Glück, dass das Loch im Zaun, das ich neulich beim Exerzieren entdeckt hatte, noch offen war. Auf dem Korridor saß ein Posten und schlief. Es war der Gefreite Meyer, der uns bei jeder Gelegenheit verpetzt hatte. Ich hatte ihm das immer schon heimzahlen wollen. Da kam mir ein teuflischer Gedanke. Ich hielt den Karabiner mit der linken Hand fest und entfernte ganz vorsichtig das Schloss.

Meyer schlief so fest, dass er überhaupt nichts merkte.

Als ich am nächsten Morgen das Schloss im Mantel fand, wurde mir erst bewusst, was ich da im Suff gemacht hatte.

Mir war überhaupt nicht wohl zumute. Ich konnte mich aber nicht entschließen, mich zu meiner Tat zu bekennen. Das Schloss legte ich auf das Fensterbrett, bei dem der Soldat gestern eingeschlafen war. Ein Feldwebel fand es und machte Meldung. Meyer kam für drei Tage in den Knast. Er hatte bei den Vorgesetzten total verschissen.

Wir hatten von dieser Missetat schon einen Vorteil.

Die Mädchen aus dem Sachsenland hatte ich allmählich satt, die meisten faselten immer vom Heiraten und erinnerten an die Schwüre, die man von sich gegeben hatte, um sie herumzukriegen. Unser Spieß, die Mutter der Kompanie, meinte eines Tages, in Berlin würden Kurierfahrer gesucht und ob ich dazu keine Lust hätte.

Meine Begeisterung war grenzenlos. Vier Wochen später wurde ich tatsächlich nach Berlin abkommandiert. Ich bekam von der Maßschneiderei Fortschritt eine komplette Maßuniform.

Die Verpflegung war ausgezeichnet. Wir wurden sogar bedient.

Ich fuhr in der ersten Woche eine Delegation aus Bulgarien durch die Republik zu den verschiedensten Gästehäusern.

Sie hatten riesige Erdbeeren mitgebracht und für uns Fahrer blieb auch ein Korb übrig, den vernaschten wir gleich zum Abendbrot.

Manchmal gingen wir auch aus. Natürlich in Zivil, denn so wurden wir nicht kontrolliert und konnten auch Gaststätten besuchen, die eigentlich für uns verboten waren. Die Grenzen waren offen und so kamen auch einige Mädchen aus Westberlin.

An die schmissen wir uns ran, denn sie tauschten eins zu vier und zahlten zumeist die Zeche.

Wir hielten uns mit dem Bestellen zurück, dann klappte das schon. Am Anfang war mir das etwas peinlich, aber jetzt war es schon Routine.

Von den Mädchen hier in Berlin gingen auch Gefahren aus.

Übers Heiraten sprachen sie zwar kaum, sie wussten auch gleich, was man von ihnen wollte, und wenn man ihnen passte, ging es ziemlich schnell zur Sache. Doch da war etwas anderes.

Neulich auf dem Weihnachtsmarkt hatte ich mit meinem Kameraden zwei Eisenbahnerinnen aufgerissen.

Sie nahmen uns zu sich auf die Bude, dort sah es nicht gerade sehr ordentlich aus. Willi ging mit der einen gleich mit Stiefeln ins Bett. Er war ein Hüne von Gestalt. Ich hatte den Eindruck, ihr war das auch recht. Meine Mieze ließ sich auch auf das Sofa legen. Nur … ich konnte mich nicht entschließen.

Willi war fertig. Er kam zu mir und sagte: „Wenn du nicht willst, dann lass mich ran.“

Ich erhob mich, er machte auch sie nieder und stöhnte wie ein Stier. Inzwischen hatte sich die andere von der Attacke erholt und winkte. Ich sollte mit ihr ins Nebenzimmer gehen. Sie stellte eine Flasche Wein und etwas Knabberzeug auf den Tisch. So richtig angezogen war sie noch nicht, aber das störte sie nicht.

Willi goss sich noch zwei Gläser Wein hinter die Binde, dann gingen wir los. Es war höchste Zeit.

Drei Tage später flüsterte mir Willi ins Ohr: „Du, ich glaube, ich habe mir einen Tripper geholt.“ Da hatte mich mein Instinkt wohl doch vor diesem Übel gerettet. Willi musste auf die Tripperburg, so nannten wir das Krankenhaus, nach Leipzig.

Lebensmittel gab es nach wie vor auf Karten, aber waren wir im Moment davon glücklicherweise nicht betroffen. Am besten dran waren die Bauern. Sie hatten alles, was sie brauchten. So gut war es ihnen noch nie gegangen.

Die Not der Städter hatte sie mit allem im Übermaß versorgt.

Für einen Sack Kartoffeln brachte man ihnen den Perserteppich bis auf den Hof. Bei Bauer Hennigs Frau waren alle Finger mit goldenen Ringen belegt, manche sogar doppelt, und sie wurde immer fetter.

Ich war inzwischen, nachdem ich fünf Jahre bei der Armee gedient hatte, beim Rat des Kreises als Mietpreisprüfer tätig.Um die Produktivität in der Landwirtschaft zu erhöhen, sollen LPGn(Landwirtschaftliche Produktionsgenossenschaften) gegründet werden. Es ginge nicht darum, den Bauern etwas wegzunehmen, sondern, wie unser Vorsitzender sagte, die Landwirtschaft durch den Zusammenschluss von Bauern zur LPG rationeller zu gestalten. Er hatte mehrere Jahre in der Sowjetunion studiert. „Da wird er es doch wohl wissen“, dachte ich.

Es wurden ja schon ein paar LPGn gegründet, aber auf die zeigten die wirtschaftlich starken Bauern mit den Fingern, denn es handelte sich zumeist um Bauern, die als Einzelbauern gescheitert waren. Diese LPGs konnten nur mit erheblicher staatlicher Unterstützung aufrechterhalten werden.

Da es mit der sozialistischen Umgestaltung nicht so recht voranging und viele Bauern, die bedrängt wurden, in den Westen verschwanden, mussten einige Funktionäre und Mitarbeiter des Rates des Kreises aufs Land.

Wir haben den LPGs immer bei der Ernte geholfen, denn die Mitarbeiter bekamen jetzt auch Urlaub und hatten einen Achtstundentag.

Nachdem der Vorsitzende uns instruiert hatte, ging es los.

Ich fuhr mit einem Motorroller „Berlin“ zu einem kleinen Dorf mit tausend Seelen.

Der Bürgermeister, ein kleiner rundlicher Mann, auch noch nicht lange im Amt, als Industriearbeiter aufs Land geschickt begrüßte mich freundlich.

Er sagte, ich solle mich setzen, der Parteisekretär der LPG komme gleich und dann würden wir eine Lagebesprechung machen.

Ich kannte das Dorf von meinem letzten Einsatz als Wahlhelfer und von zahlreichen Ernteeinsätzen auf der LPG.

Die LPG bestand aus drei Neubauern, die aufgegeben hatten, und Land von weiteren fünf Bauern, die in den Westen getürmt waren.

Günter, der auch Parteisekretär im Rahmen der Aktion „Industriearbeiter aufs Land“ war, war ein Fünfziger von kräftiger Statur mit ergrautem Haar. Er hatte einen Gang wie ein Seemann, war ständig zu einem Drink bereit und immer guter Laune.

„Wir waren bei der Frühjahrsbestellung und es klappte nichts“, begann er, nachdem er mich mit einem herzlichen Händedruck begrüßt hatte. Zwei Traktoren von der MTS (Maschinen- Ausleihstation) waren ausgefallen und sie hatten auch keine Ersatzteile.

Ein Traktorist, der die Raupe am besten beherrschte, hatte sich gestern so vollgesoffen, dass er die Kellertreppe hinuntergefallen war und sich drei Rippen gebrochen hatte. Er lag auf Eis und der Ersatzfahrer schaffte kaum die Hälfte.

Ich erklärte ihm, dass ich bei der sozialistischen Umgestaltung mithelfen solle. „Ja, ja“, unterbrach er mich. „Du wurdest uns schon avisiert. Ich sage dir, es hat keinen Zweck, mit den Bauern zu reden. Die LPG ist eben kein Aushängeschild. Es passieren zu viele Pannen. Unsere Felder sind auch in diesem Jahr wieder die letzten, die bestellt sein werden, obwohl wir über bessere Technik verfügen als die Einzelbauern.“

Die Sauferei auf dem Feld und in den Ställen hatte sich, obwohl wir verstärkt kontrollierten, verschlimmert. Was passierte ihnen auch schon, wenn wir sie erwischten? In der Regel waren sie so voll, dass unsere Ermahnung sie gar nicht erreichen konnte. Zur Strafe konnte man ihnen höchstens eine Einheit, das waren gerade 4,60 MDN, abziehen und jemand anderer musste ihre Arbeit mitmachen. Am nächsten Tag zeigten sie zwar Reue, aber sie wussten ganz genau, dass sie ihren Arbeitsplatz, der ohnehin nicht sehr gut bezahlt war, nicht verlieren konnten.

Ein Teil der Arbeiter hatte eine Arbeitsplatzbindung, die ein Gericht verfügte. Die durften überhaupt nicht gekündigt werden.

Zögernd beginne ich: „Der Vorsitzende hat gesagt, dass wir mit den Bauern reden müssen."

„Reden ist gut", meinte Günter, „nur fehlen uns die richtigen Argumente." Er erhob sich und sagte: „Na los, wir werden es versuchen."

Wir klopften am ersten Gehöft, es war schon dunkel geworden.

Die Bauern mussten auf dem Gehöft sein, denn das Vieh musste versorgt werden. Ein Hund bellte und zerrte wie wild an seiner Kette. Niemand meldete sich. „Gehen wir weiter", meinte Günter, „die haben uns kommen sehen und machen nicht auf." „Das geht ja gut los", dachte ich so bei mir. Was sollte ich denn bloß dem Vorsitzenden berichten? Der würde mich doch zur Schnecke machen.

Bei Bauer Grunert stand das Tor weit offen, er musste gerade vom Feld mit Grünfutter gekommen sein. Der Wagen war noch eingespannt und stand vor den Stallungen. Wir trafen ihn im Stall. Er fütterte die Schweine. Unseren Gruß erwiderte er mit brummiger Stimme.

Nachdem wir unseren Vers von der höheren Effektivität der Kollektivwirtschaft heruntergebetet hatten, sagte er: „Diese Effektivität, die die LPG auszeichnet, die auch mit der finanziellen Krücke des Staates nicht mal aus dem Arsch kommt.

Ich habe mein Soll stets erfüllt und sogar für freie Spitzen blieb was übrig. Wir sind hier nicht in Russland, ich gebe mein Land freiwillig nicht her. Der Hof ist seit 100 Jahren in Familienbesitz. Er hat uns in guten und in schlechten Zeiten immer ernährt und so soll es auch bleiben."

Dann ließ er uns stehen und ging in den Kuhstall. Wir gingen hinterher. Der Kuhstall machte, wie der Schweinestall, einen guten Eindruck und das mit dem Soll stimmte, ich hatte mich vorher beim Landwirtschaftsrat erkundigt.

Plötzlich hörten wir ein Geschrei auf dem Hof und ein wenig später stand die Bäuerin mit der Mistgabel in der Tür.

Mit drohender Gebärde schrie sie: „Macht, dass ihr vom Hof kommt, sonst steche ich euch die Mistgabel in den Arsch und mache die Hunde los."

Wir mussten den Rückzug antreten, denn ihr Gesichtsausdruck ließ keinen Zweifel an ihrer Kampfbereitschaft. Sie beschimpfte uns in unflätiger Weise, bis wir außer Sicht waren.

Mir zitterten richtig die Knie. „Das ist ein Teufelsweib", presste Günter zwischen den Lippen hervor, „da kann einem ja angst und bange werden."

Bei Lorenz war alles verschlossen, die Hunde waren los und kläfften wie toll.

Es war schon sehr dunkel, da begegneten wir dem Pfarrer, der uns mit der Bemerkung grüßte: „Na, wieder auf Bauernfang?“

„Nun brauchen wir nicht mehr weitergehen“, meinte Günter. „Der hat den Rest des Dorfes informiert und sie haben sich alle verschanzt.“

Am nächsten Tag machte ich mit dem Bürgermeister die Runde. Wir wollten zu Bauer Lehmann. Wir standen vor einem circa zwei Meter hohen Bretterzaun. Die Hunde liefen frei umher und bellten, als ob sie uns zerreißen wollten. Wir schlugen mit der Faust an das Tor, um das Gebell zu übertönen, doch es öffnete niemand. „Lehmann muss uns gesehen haben“, brummte der Bürgermeister. Schon eine halbe Stunde standen wir vor dem Tor.

Plötzlich wurden die Hunde zurückgepfiffen und wir hörten das Schlurfen von Holzpantoffeln, es näherte sich jemand der Tür.

Die Tür öffnete sich einen Spalt und ein vor Erregung rot angelaufenes Gesicht starrte uns wütend an.

„Keinen Schritt näher“, schrie uns der Mann an und fuchtelte mit einem großen Messer.

„Aber Wilhelm“, sagte der Bürgermeister mit ruhiger Stimme, „warum bist du denn so aufgeregt?“ Doch der schrie weiter: „Ihr Bauernfänger! Erst gebt ihr uns das Land und nun, wo wir aus der Scheiße raus sind und sich die Früchte unserer Arbeit zeigen, da wollt ihr es uns wieder wegnehmen.“

„Du bist doch ein Christ“, sprach der Bürgermeister in ruhigem Ton weiter, „und da musst du doch wissen, dass man sich gegen die von Gott eingesetzte Obrigkeit nicht auflehnen soll.“ Er ließ das Messer sinken, diese Entgegnung hatte ihn offenbar getroffen.

„Wir wollen uns doch nur mal mit Ihnen unterhalten“, stammelte ich, den Schreck noch im Leibe. „Zum Unterhalten habe ich keine Zeit. Das Vieh muss gefüttert und die Kühe müssen gemolken werden.“

„Nun“, sagte der Bürgermeister, „ich werde dir beim Melken helfen und der junge Genosse hilft beim Füttern und anschließend werden wir uns ein wenig unterhalten.“

Müde saß ich auf einer Bank am Brunnen. Die Tiere waren versorgt, nur das Klappern der Milchkannen war noch zu hören, da kam auch schon der Bürgermeister mit dem Bauern.

Er winkte mir. Ich sollte mit ins Haus kommen.

Frisch gebackenes Brot, Schmalz und Schinken waren aufgetischt.

„Uns geht es gut“, begann der Bauer das Gespräch, „aber der Arbeitstag ist auch sehr lang. So, wie die sich das in der Kolchose mit dem Achtstundentag vorstellen, daraus wird nichts, man sieht ja auch, wo das hinführt.“ Mit Kolchose meinte er die LPG. „Es soll doch nicht nur dir, sondern allen gutgehen“, flocht der Bürgermeister ein.

Der Bauer ging darauf überhaupt nicht ein, sondern schwor bei allen Heiligen, was immer das bedeuten sollte: „Mich kriegt ihr nicht in die Kolchose." Und er fuhr fort: „Ich habe in der Gefangenschaft in Russland gesehen, was da los ist, und die probieren das schon seit 50 Jahren."

„Dass es in der LPG im Dorf nicht gut läuft, das wissen wir", warf der Bürgermeister ein.

„Aber das liegt doch daran, dass es nicht gerade die besten Bauern sind, die sich da zusammengetan haben." „Logisch", meinte der Bauer, „ein Landwirt, der etwas von seinem Fach versteht, der geht nicht in die Kolchose. Du würdest auch nicht von einem Sechsmeter-Turm springen, wenn kein Wasser im Becken ist." „Mit Wasser auch nicht", brummte der Bürgermeister, sichtlich verärgert über das Ergebnis des Gespräches.

„Es ist schon spät und bei Tagesanbruch beginnt der neue Tag. Ich muss ins Bett. Meine Frau hat euch ein paar frische Eier hingelegt. Das ist für die Hilfe im Stall", bemerkte der Bauer. „Ich möchte niemandem etwas schuldig bleiben." Ich war mir recht unschlüssig, ob ich das annehmen durfte. Doch ehe ich etwas sagen konnte, meinte der Bürgermeister: „Die kannst du ruhig nehmen, das ist keine Bestechung. Und ich sage es auch nicht weiter."

Unsere Arbeit bei der so genannten „Sozialistischen Umgestaltung der Landwirtschaft" war nicht von Erfolg gekrönt. Man fand jedoch Mittel und Wege, um auch die letzten Einzelbauern von den Vorteilen der LPG zu überzeugen, so dass auf einem der nächsten Parteitage verkündet werden konnte, dass man gesiegt hatte, wenn man auch zugeben musste, dass es einige Härtefälle gegeben hatte.

Ich musste oft bei der Ernte mithelfen und lernte eigentlich alles –

vom Mähen bis zum Pflügen und Eggen.

Mit dem Aufruf „Industriearbeiter aufs Land“ wurde die Leitung der LPG öfter ausgewechselt.Ich kann nicht sagen, dass ich ungern zu den Ernteeinsätzen ging, denn es gab dort immer etwas Gutes zu essen.

Die Bauern legten ihr Augenmerk auf ihre individuelle Hauswirtschaft.

Das traf natürlich für die zu, die wirklich schon immer Bauern gewesen waren und ihr Gehöft behalten konnten. Ihnen billigte man auch ein wenig Land zur individuellen Nutzung zu.

Wenn das für die Versorgung ihrer Tiere nicht ausreichte, und das war zumeist der Fall, zweigte man eben etwas von der LPG ab.

So konnten die Bauern billig Bullen mästen und teuer verkaufen.

Wenn diese Güteklasse A hatten und somit für den Export in den Westen in Frage kamen, gab es einen guten Preis und man konnte sich schon bald einen Wartburg-PKW beschaffen, auf den der normale Bürger 16 Jahre warten musste.

Wieder einmal zog der Herbst ins Land. Die Bäume färbten sich, was ich aber kaum bemerkte. Aber es war die Zeit, in der die Pilze wuchsen. Butterpilze fand ich in den Schonungen und wenn ich Glück hatte, entdecket ich auch auf ein paar Pfifferlinge. Dann hieß es, die nähere Umgebung genau abzusuchen, denn unter dem Moos fanden sich zumeist noch mehr davon. Nun alles wieder schön zudecken und die Stelle merken! Im großen Kiefernwald gab es Maronen, Rotkappen und Fette Henne sowie unter den Birken Birkenpilze. Letztere nahm ich nur, wenn sie noch nicht so groß und somit recht fest waren. Die Steinpilze, die ich am liebsten mochte, fand ich im Laubwald, von dem es bei uns recht wenig gab.

Ich kannte mich im Wald ziemlich gut aus und im Nu war der Korb gefüllt. Natürlich hieß Pilzesuchen, zeitig aufzustehen, denn viele Leute strömten in den Wald.

Langsam verbesserte sich der Lebensstandard.

Die Lebensmittelkarten wurden abgeschafft und wir konnten in den HO-Geschäften und im Konsum eine kleine Auswahl an Grundnahrungsmitteln kaufen.

Wenn ich allerdings einen Mantel für mein Fahrrad brauchte, so musste ich nach Westberlin fahren. Dafür musste ich mein Geld eins zu fünf umtauschen und den Mantel unter meiner Kleidung gut verstecken, damit er von den Polizisten beim Überfahren der Grenze nicht konfisziert wurde.

Das Angebot in Westberlin war beeindruckend und im Nachhinein betrachtet ist es mir unverständlich, warum mir eigentlich nie der Gedanke kam, abzuhauen, wo das doch so einfach gewesen wäre.

Auch als ich in Berlin an der Humboldt-Universität studierte, war ich immer noch der Meinung, dass der

Sozialismus die bessere Gesellschaftsordnung war. Inzwischen gab es ja bei uns auch alles, was zum Leben notwendig war.

Die Miete sowie die Preise für Strom, Wasser, öffentliche Verkehrsmittel und Grundnahrungsmittel wurden von Parteitag zu Parteitag gesenkt.

Dass wir viele Jahre auf ein Auto warten mussten, war ärgerlich, aber wir hatten uns damit abgefunden.

Das Gespenst der Arbeitslosigkeit im Westen ängstigte uns sehr.

Wir konnten damit nicht umgehen, denn wir wussten nicht, dass es Arbeitslosengeld gab.

In der DDR war mir niemand in meinem Bekanntenkreis bekannt, der ohne Arbeit war. Im Gegenteil: Es wurden laufend Abseitskräfte gesucht.

Man verschwieg uns nicht nur, dass es im Westen Arbeitslosengeld gab, sondern natürlich auch, welche Privilegien unsere Obrigkeit und die Mitarbeiter der Stasi genossen.

Für sie gab es, wie ich Jahre später, als die Grenzen schon geschlossen waren, erfuhr, keine Wartezeiten für einen PKW.

Ärgerlich war es schon, wenn die Westberliner nach Ostberlin kamen und wegen des günstigen Wechselkurses für Pfennige einkaufen konnten.

Während meines Studiums wohnte ich in Berlin zur Untermiete.

Meine Vermieterin bekam regelmäßig Besuch von ihrer Schwester aus Westberlin. Sie kaufte Schweinefilet und fütterte damit den Hund der Vermieterin. Das Stück Butter kostete sie umgerechnet nur 50 Pfennig.

Ich empfand es daher gar nicht als schlimm, als die Grenzen geschlossen wurden. Auch die steigende Anzahl der Flüchtlinge vor der Grenzschließung, die vom RIAS, den wir heimlich hörten, verbreitet wurde, berührte mich nicht. Vielleicht glaubte ich auch gar nicht so recht, was ich da hörte, denn wir waren, was ich erst später begreifen würde, so verblendet, dass wir die Folgen der Entwicklungen nicht absehen konnten. Ich hatte keine Verwandten im Westen und glaubte natürlich das, was man uns jahrelang eingebläut hatte.

Ich wurde an der Humboldt-Universität zu Berlin immatrikuliert.

Es war sehr feierlich. Auf einem Pult lag ein großes, dickes, sehr altes Buch, in das wir uns eintragen mussten.

Nach meinem Hochschulstudium, das ich mit dem akademischen Grad Diplom-Jurist abschloss, wechselte ich in die Wirtschaft. Ich kam in die Leitungsebene und es ging uns gar nicht so schlecht. Ich hatte einen PKW mit Kraftfahrer und wurde täglich von zu Hause abgeholt.

Man musste schon viel Fantasie aufbringen, um eine Logik in der fachlichen Arbeit als ökonomischer Direktor zu erkennen. Die Pläne, die die Grundlage für unsere Arbeit waren, wurden laufend verändert. Zwei Arbeitskräfte waren eigentlich das ganze Jahr damit beschäftigt.

Am Jahresende musste nach Möglichkeit eine Planerfüllung herausspringen, damit die Jahresendprämie, wenn auch manchmal mit Abzügen, gezahlt werden konnte.

Wenn wieder ein neuer Parteitag stattgefunden hatte, sollten wir aus den erschienenen Dokumenten erkennen, dass der Sozialismus fortgeschritten war und sich zum Kommunismus hin entwickelte.

Es gab auch Verbindungen zur Sowjetarmee. Natürlich nur auf Offiziersebene. Da ich ein wenig Russisch konnte, wurde ich mit dem Pflegen der Verbindung beauftragt.

Es wurden gemeinsame Ausflüge organisiert und manchmal unterstützten sie uns auch mit Soldaten als Arbeitskräfte. Die Soldaten kamen gerne zu uns in den Betrieb, denn unser Werkküchenessen war wesentlich besser als das, was sie in der Kaserne erhielten.

Die jährlichen Preissenkungen bestärkten uns in der Hoffnung, dass es allmählich besser werden würde. Ich hatte mich nun auch für ein Auto angemeldet. Die Wartezeit betrug inzwischen „nur“ noch zehn Jahre.

Nach der Schließung der Grenze wurde alles ein wenig schlechter.

Ich fuhr nach wie vor mit dem Fahrrad zur Arbeit und wir mussten uns mit den Kolleginnen und Kollegen ein Auto teilen oder öffentliche Verkehrsmittel wie Bahn oder Bus benutzen.

Die Ersatzteilbeschaffung für LKW, die wir im Westen gekauft hatten, wurde schwieriger, da die Devisen fehlten, denn die eingenommenen Devisen verbrauchte unsere Obrigkeit.

Der Westen war für uns, obwohl so nah, nicht mehr erreichbar und die Preissenkungen blieben auch aus.

Für mich ergab sich die Möglichkeit, an einem Jugendobjekt in der Sowjetunion teilzunehmen.

Wir hatten uns inzwischen einen PKW Lada gekauft und natürlich dafür verschuldet. Wir bauten eine Gasleitung von Sibirien bis nach Ungarn. Die Arbeits- und Witterungsbedingungen waren sehr schwierig, aber die Verpflegung und der Verdienst sehr gut. Da ich mich auf meine Frau in jeder Hinsicht verlassen konnte, entschloss ich mich zu diesem Abenteuer, als das man es wohl bezeichnen musste.

Ich hatte eine leitende Position und arbeitete zwölf bis 15 Stunden täglich, was natürlich tüchtig schlauchte. Meine Frau, die auch einer geregelten Arbeit nachging, hielt das Geld gut zusammen und wir waren im Nu schuldenfrei.

Ich lernte nun den realen Sozialismus, ja sogar den Kommunismus kennen. Die Straßen, auf denen ich viel unterwegs war, denn die Standorte des Projekts lagen nie unter tausend Kilometer voneinander entfernt, waren ziemlich gefährlich. Plötzlich taten sich größere Löcher auf oder es lagen Felsblöcke auf der Straße. Am schlimmsten waren jedoch die Betrunkenen, die ständig unterwegs waren.

Eines Tages, als ich wieder einmal auf einer solchen Straße fuhr, hatte ich einen großen Schlepper vor mir. Er war ziemlich langsam. Ich hatte noch einen weiten Weg vor mir und hätte ihn gerne überholt, aber eine innere Stimme sagte mir, dass ich es sein lassen sollte. So tuckerte ich mit 30 Kilometern pro Stunde hinterher.

Er wurde immer langsamer und blieb letztendlich ohne ersichtlichen Grund stehen. Wir befanden uns auf offener Landstraße.

Ich hielt mit großem Abstand ebenfalls. Da öffnete sich die Tür und der Fahrer fiel heraus. Da es ein wenig bergauf ging, wurde so der Motor abgewürgt und der Schlepper konnte nicht zurückrollen.

Beim Fallen bemerkte ich schon, dass mit dem Mann etwas nicht in Ordnung war, denn er reagierte kaum.

Nachdem ich meinen PKW vor dem Traktor geparkt hatte, stieg ich aus und näherte mich vorsichtig dem Fahrer, um zu sehen, ob ich ihm helfen konnte.

Als ich mich über ihn beugte, schlug mir eine Alkoholfahne entgegen.

Ich stoppte einen entgegenkommenden LKW. Der Fahrer sah eigentlich keine Veranlassung, anzuhalten, tat es aber im letzten Moment doch.

Den am Boden Liegenden hätte er aufgrund der Staubentwicklung auf der Straße ohnehin nicht erkennen können.

Er fasste den Betrunkenen an den Füßen, schleifte ihn auf das Feld, ging zu seinem LKW zurück und fuhr weiter.

Auch ich setzte meine Fahrt fort. Der LKW-Fahrer hatte gesagt, da könne man nichts machen. Wenn er wieder nüchtern sei, werde er sich schon zu helfen wissen.

Dass Betrunkene auf der Straße lagen, kam öfters vor. Da sie zumeist dunkle Kleidung trugen, konnte man sie nur schwer erkennen.

Am schlimmsten war eine Fahrt bei Nacht.

Die LKW waren nur mit Fern- und Standlicht ausgestattet. Sie fuhren mit Standlicht oder, weil das zumeist nicht funktionierte, ganz ohne Beleuchtung.

Als ich mich bei einem Milizionär (Polizisten) einmal darüber beschwerte, sagte dieser: „Das geht schon in Ordnung, denn das sind die Genossen mit dem geschärften Blick."

Im Sommer konnte es ziemlich heiß werden.

Auf den Mackedammstraßen, die wir oftmals befahren mussten und die nur aus festgewalztem Lehm bestanden und die Sommermonate auch ziemlich gut durchhielten, bildete sich eine ganz feine Staubschicht. Die wurde durch den starken Fahrzeugverkehr aufgewirbelt, so dass man nur wenige Meter weit sehen konnte. Das war sehr gefährlich, denn außer Fahrzeugen befanden sich oft auch Kühe auf der Fahrbahn.

Doch das Unangenehmste war der feine Staub, der bis ins Auto hineindrang. Es juckte fürchterlich auf der Haut.

Im Frühjahr waren diese Straßen mit dem normalen PKW nicht mehr befahrbar, da sie dann einer Schlammwüste glichen.

An den Straßenrädern standen oftmals einzelne Männer mit einer Kuh.

Im Winter wurde der normale Schneefall ignoriert. Einen Winterdienst gab es nicht. Ich war nun schon eine Stunde unterwegs, die Straßen waren sehr glatt. Der Schneefall wurde immer heftiger. Ich kam gerade noch bis zu einem Parkplatz, auf dem auch schon ein defekter LKW stand, an welchem eine Hinterachse gewechselt wurde.

Die Männer mussten ihre Arbeit beenden, da es zu stark schneite. Ich hatte den Eindruck, dass sie schon ziemlich betrunken waren. Die Dunkelheit brach herein. Ich hielt laufend einen Weg um den PKW herum frei und hatte einen Kanister Sprit aufgegossen, damit die Standheizung noch ein wenig durchhielt.

Nun war es schon stockdunkel, aber es schneite immer noch. Ich schaltete die Standheizung aus, klappte die Sitzlehne herunter, zog mir den Pelzmantel über die Ohren und schlief ein. Am anderen Morgen war ich total eingeschneit. Mit Mühe gelang es mir, aus den Wagen zu kommen. Der LKW war anscheinend repariert worden, aber danach nicht weit gekommen, denn er lag unweit im Graben und nur der hintere Teil schaute noch heraus. Dem konnte niemand mehr helfen. Es war ohnehin niemand auf der Straße, denn auf der war kein Durchkommen und es fing schon wieder an, heftig zu schneien. Die LKW-Fahrer hatten sich ein Feuer gemacht. Woher sie das Holz hatten, wusste ich nicht.

Ich schaufelte mir eine Gasse zu ihnen. Sie erzählten mir mit vielen Gesten, dass sie mit dem LKW in den Graben gerutscht seien, was ich ohnehin schon längst gesehen hatte.

Doch das Schlimmste für sie war, dass der Samagorn, ein selbst gebrannter Schnaps mit circa 50 Prozent Alkohol, ausgegangen war. Ich ging zum Auto und holte eine Flasche Weinbrand. Sofort kam wieder Glanz in ihre Augen. Sie holten Speck, Zwiebeln und Brot. In dieser Gegend wurden die Schweine bis zu einem Gewicht von fünf Zentnern gemästet, der Speck war zartrosa und butterweich. Man konnte ihn mit der Zunge am Gaumen zerdrücken. Sie hatten ein zehn bis 15 Zentimeter dickes Stück Speck.

Der Weinbrand war mit seinen 38 Prozent für sie ein Lacher. Da ich ihnen die Flasche überließ, war sie im Nu ausgetrunken. Es ärgerte mich schon ein wenig, dass sie über den Weinbrand lästerten und meinten, davon noch mehrere Flaschen zu brauchen. Geschmeckt habe er, aber er sei viel zu dünn. Ich ging zum Wagen und holte mehrere Flaschen Radeberger Pils. Bereits nach der zweiten Flasche waren sie platt. Zuvor hatten sie mir noch erzählt, dass in Richtung Osten, also rechts von der Straße, in circa drei Kilometern ein Dorf sei.

Wenn Hilfe zu bekommen sei, dann nur von dort.

Um in dieses Dorf zu kommen, brauchte man bei dieser Schneehöhe mindesten sechs Stunden. Ich packte meine ganze Verpflegung und Getränke in den Rucksack, machte mir einen Wanderstock zurecht, verschloss das Auto und machte mich auf den Weg.

Nach vier Stunden mühevollen Weges erblickte ich die ersten Häuser.

Es war auch höchste Zeit, denn es wurde schon dunkel. In einigen Häusern brannte Licht. Unweit von mir erblickte ich einen Ziehbrunnen, wie er hier üblich war. Ich steuerte direkt darauf zu. Von dort führte ein geräumter Weg bis ins Dorf. Es war richtig schön, sich nicht mehr durch den tiefen Schnee quälen zu müssen.

Es war ein ziemlich kleines Dorf. Bei Schneesturm hätte man glatt vorbeilaufen können.

Ich schritt recht schnell aus, denn bis zu meinem Ziel würde ich bestimmt noch eine halbe Stunde brauchen und es schneite schon wieder kräftig. Um den Dorfplatz herum standen acht kleine Häuser. In Ferne waren die Umrisse eines größeren Gebäudes zu erkennen, doch es war inzwischen schon zu dunkel, um ausmachen zu können, worum es sich dabei handelte.

Ich klopfte an die Tür des ersten Hauses. Eine Babuschka (Großmutter) öffnete die Tür und zog mich, indem sie mich am Ärmel packte, hinein. Sie musste mich schon durch das Fenster gesehen haben.

Wenn ich sie etwas gefragt hätte, wäre das sinnlos gewesen, denn sie sprach nur Ukrainisch, das ich nicht beherrschte.

Eine wohlige Wärme schlug mir entgegen.

Sie deutete auf Nägel, die man in die Wand geschlagen hatte. Ich sollte wohl meinen Pelz dort aufhängen, was ich auch tat.

Als ich mich auch noch meiner Filzstiefel entledigt hatte, drängte sie mich in die Stube.

Hier stand ein großer Ofen. Er war massiv gebaut und umgeben von einer langen Eckbank.

Ich begrüßte alle und erzählte, was mir passiert war. Die Babuschka hatte inzwischen zwei große dampfende Samoware auf den Tisch gestellt. Speck, Brot und Zwiebeln folgten.

Ich stellte meine Verpflegungskiste, die wir für gewöhnlich mit uns führten, wenn wir auf Dienstreise gingen, ebenfalls auf den Tisch.

Sie enthielt viele Sachen, die für die Familie sehr lecker waren.

Doch Glanz kam erst in ihre Augen, als ich zwei große Flaschen Wodka und eine Flasche Kirsch-Whisky, den die Frauen besonders liebten, auspackte.

Nun wurde die Verständigung immer besser und ich vergaß, in welcher misslichen Lage ich mich eigentlich befand.

Ich wusste noch gar nicht, ob ich hier übernachten konnte, denn die Räume erschienen mir ziemlich klein angesichts der Menge an Bewohnern. In dem Zimmer, in welchem wir uns befanden, stand ein großer Tisch, an dem wir saßen. In einem großen Regal sah ich diverse Kochutensilien und Geschirr. In der Ecke gleich neben der Tür befand sich ein aus roten Ziegeln gemauerter Herd.

Was an den Nägeln in der Wand hing, war wohl die gesamte Kleidung, welche diese Familie besaß. Die Tür zum Nebenraum war geöffnet, aber ich konnte diesen von meinem Sitzplatz aus nicht einsehen. Es war total verqualmt und es fiel mir schwer, mich daran zu gewöhnen. Der Qualm war aber nicht beißend, denn ich musste, obwohl Nichtraucher, nicht husten. Gelüftet wurde nur über ein kleines Fenster, das ungefähr 20 mal 30 Zentimeter maß.

Der Nebenraum wurde wohl zum Schlafen genutzt. Diese beiden Räume waren wahrscheinlich die einzigen. Als ich nach der Toilette fragte, zog sich der Bauer seinen Pelz über, was ich auch tat, denn ich ahnte, es würde hinaus in die Kälte gehen.

Das Wetter hatte sich verschlechtert. Es schneite so, dass man die Hand nicht vor Augen sehen konnte.

Nachdem wir circa zehn Schritte gegangen waren, deutete er nach

links und fügte hinzu, ich solle vorsichtig über die Bohle gehen.

Auf einer Tour hatte ich immer eine kleine Taschenlampe

dabei. So konnte ich den kleinen Raum ausleuchten, um mich zu orientieren. Es war ein Plumpsklo, wie ich es schon sehr oft erlebt hatte, und ein Stapel Zeitungen für hinterlistige Zwecke lag auch bereit. Mir war sehr kalt, denn ich hatte den Pelz an einen Nagel hängen müssen.

Ich schob den Deckel beiseite und setzte mich. Ein kalter Luftzug trieb mir einen Schauer über den Rücken. Ich war schnell fertig. Nun noch ein paar Fetzen von der Prawda-Zeitung zusammengeknüllt, damit sie besser wischte. Mit Hilfe der Taschenlampe tastete ich mich über die Bohle.

Als ich in das Haus kam, waren alle verschwunden. Nur Gregori stand, lediglich mit Unterwäsche bekleidet, im Raum. Er meinte, es sei an der Zeit, schlafen zu gehen. Als ich mich entkleidet hatte, ging er mit mir in den Nebenraum. Hier bemerkte ich im Dämmerlicht einen anscheinend aus Lehm gefertigten großen Ofen, wie ich ihn schon öfters gesehen hatte.

Rechts und links war eine Leiter angelegt.

Gregori raunte mir zu, ich solle rechts hinaufsteigen und könne mich mit den Fellen zudecken.

Der Ofen war mit Schaffellen bedeckt und ich fühlte seine wohlige Wärme. Neben meiner Lagerstelle lagen mehrere Felle. Ich zog mir eines herüber und deckte mich damit zu, obwohl das eigentlich gar nicht nötig war. Zur Nacht würde es aber bestimmt kühler werden. Ich lag auf dem Rücken und dachte über das Erlebte nach. Ich konnte nicht sofort einschlafen, denn es drückte überall und war sehr hart.

Als die Schlafgeräusche stärker wurden, spürte ich eine nestelnde Hand an meinem Oberschenkel. Ich berührte die Hand und wusste genau: Das konnte nur Tamara sein, die junge Lehrerin, deren Mann, das hatte man bei Tisch erzählt, vergangene Woche eingezogen worden war.

Ich dachte mir, „Na, wenn es denn sein durfte …“, und ich schob meine Hand unter das Fell neben mir. Dort traf sie auf einen gut geformten straffen Busen.

Sofort kam Leben in meine Unterhose. Sie merkte es, streifte sie ab und rückte unter mein Fell. Ich glitt mit meiner Hand langsam weiter nach unten und rieb sie. Sie tat dasselbe bei mir und ein leichtes Beben ging durch ihren Körper.

Ich spürte, wie es warm und feucht wurde. Sie hatte einen Orgasmus und zog mich dichter an sich. Ich rieb sie weiter bis zum nächsten Orgasmus und ich bemerkte, wie sie ihren Gefühlsausbruch gewaltsam unterdrückte .

Sie war heiß, als ich in sie eindrang, doch es war bei mir ziemlich schnell vorbei. Ich spürte ihre Enttäuschung.

Ich lauschte in die Dunkelheit, aber die Schlafgeräusche waren immer noch dieselben. Einer fing sogar an zu schnarchen.

Ich tuschelte ihr ins Ohr, mit mir ins Nebenzimmer zu gehen.

Das konnte nicht alles gewesen sein!

Es war stockdunkel, als wir die Leiter hinabstiegen. Sie nahm mich an die Hand und führte mich ins Nebenzimmer. Wir hatten unsere Unterwäsche und ein Schaffell mitgenommen. Sie breitete das Fell auf einer breiten Pritsche aus, die direkt neben dem Ofen stand.

Das Vorspiel gefiel ihr wohl, denn sie stöhnte wollüstig und biss mir zärtlich ins Ohr. Meinen Penis hatte sie auch schon wieder hochbekommen und jetzt spielte sie mit meinen Oberschenkeln. Ich rieb sie am Kitzler und sie bekam wieder einen Orgasmus. Ihr ganzer Leib zitterte. Ehe sie fix und fertig sein würde, musste auch ich noch zu meinem Recht kommen, wie man so sagt. Diesmal hielt ich durch, bis sie vollkommen erledigt war.

Am Morgen erwachte ich und in meiner Hose war es feucht. Was war das für ein schöner Traum gewesen!

An diesem Tag kam die rettende Nachricht: Die Straße war geräumt. Der Bauer brachte mich mit einem Traktor zur Chaussee.

Das Auto war unversehrt, doch der Akku leer. Ein kurzer Ruck mit dem Traktor und der Motor lief.

Nun ging es in Richtung Lager. Ich freute mich schon auf eine warme Dusche und ein weiß bezogenes Bett, so wie ich das gewöhnt war.

Nach vier Stunden hatte ich es geschafft. Das Lager war auch vollkommen eingeschneit. Mein Chef war hocherfreut, mich gesund und munter wieder zu sehen. Nachdem ich ihm erzählt hatte, natürlich nicht alles, was ich erlebt hatte, meinte er, ich solle mich ausruhen, denn ich müsse in zwei Tagen wieder los.

Er schaute mich dabei ziemlich komisch an.

Ich ging aufs Zimmer, duschte mich und kleidete mich vollkommen neu ein, denn ich hatte den Eindruck, dass alles an mir ein wenig nach Schaf roch. Dann legte ich mich ein wenig nieder, denn bis zum Abendbrot war noch etwas Zeit.

Ich stellte sicherheitshalber den Wecker, damit ich nicht verschlafen würde. Kurz nach dem Klingeln kam Helmut aufs Zimmer. Er wollte mich zum Abendbrot abholen.

Er rümpfte die Nase und meinte, dass stinke ja hier abscheulich nach Schafbock, und riss das Fenster auf. Mir war das sehr peinlich und ich beteuerte kleinlaut, dass ich mich lange geduscht habe. Doch plötzlich erinnerte ich mich an die schmutzige Wäsche im Kleidersack, den ich im Schrank verstaut hatte.

Ich nahm den Sack und stellte ihn vor dem Fenster in den Schnee.

Beim Abendbrot rückten alle von mir ab. Ich musste sehr gestunken haben. Vor dem Schlafen duschte ich mich erneut, aber es half nicht. Es dauerte fast eine Woche, bis ich diesen anstößigen Duft verlor.

Die Jahre vergingen sehr schnell, denn wir arbeiteten zwölf und mehr Stunden täglich. Auch der Sonntag war manchmal Arbeitstag. Wenn wir auf Dienstreise waren, gingen wir in den großen Städten, zum Beispiel Viniza, in Kaufhäuser. Es gab nicht viel, was wir brauchen konnten. Was wir suchten, war Gold.

Ich brachte für meine Frau Ringe und Ohrringe mit, aber das Gold war nicht hochwertig.

Bei der nächsten Dienstreise gab es wieder viel Schnee. Ich übernachtete in der Gaststube einer Raststätte, denn Zimmer gab es keine mehr.

Ich bestellte mir einen Samowar an der Theke, nachdem ich ihn vorher bereits bezahlt hatte, was hier auch üblich war.

Auf dem Samowar stand eine kleine Kanne mit einem kräftigen dunkelbraunen Sud. Dazu gab es reichlich Würfelzucker.

Für viele, die hier saßen, war das die Ernährung.

Der Tee wurde in der Tasse mit dem Sud gemixt und von der Untertasse geräuschvoll geschlürft.

Ich hatte genügend Verpflegung mitgenommen und litt keine Not.

Jetzt wurde es lauter in der Unterkunft, es war höchste Zeit zum Aufstehen, was ich natürlich auch tat.

Noch ein paar Monate und unsere Arbeit würde erledigt sein und es würde heimwärts gehen. Jeden Tag zehn Stunden Arbeit hatten ganz schön geschlaucht. Alle drei Monate waren wir nach Hause geflogen.

Zwei Vergünstigungen hatten wir in dieser Zeit gehabt: Wir hatten ohne Wartezeit einen PKW kaufen und Genex sparen können. Genex war so gut wie Westgeld.

Nach dem Einsatz im Osten fuhr ich an die Ostseeküste zur Kur. Es galt, das in Mitleidenschaft geratene Ego wieder aufzurichten.

Ich hatte ein Zimmer für mich alleine, so konnte mich niemand tadeln, wenn ich nachts mal schnarchen sollte.

An der Trasse hatten wir uns oft gegenseitig beschuldigt, am lautesten zu schnarchen. Da wurde schon mal versucht, durch Klappern mit der Nachtschranktür das Schnarchen des anderen zu unterbrechen. Der Erfolg war meist mäßig gewesen.

Auf der Kur stand jeden Tag Sport auf dem Plan. Auch leichte Wanderungen waren dabei. Bei den Mahlzeiten saßen wir zu viert am Tisch. Die Tischordnung war, als wir anreisten, schon festgelegt worden. Die beiden Damen am Tisch waren schon etwas älter und ständig damit beschäftigt, das Treiben zu beobachten. Und es schob sich wahrlich einiges zusammen.Eines Tages berichteten sie mir, dass eine Dame sich darüber beschwert habe, dass ich sie nicht beachten würde.

Sie wussten natürlich auch, dass sie verheiratet war und drei Kinder hatte.

Da ich von dieser Dame noch nichts bemerkt hatte, ließ ich sie mir beschreiben. Das machten sie ziemlich präzise, so dass ich sie am nächsten Morgen ausmachen konnte. Ich war auf dem Korridor. Nach einem kleinen Waldmarsch entlang der Müritz war unser Programm für heute beendet. Ich suchte meinen Tischnachbarn, der in einer anderen Gruppe war, da kam mir die Dame entgegen und lächelte. Sie hatte langes wallendes Haar, blaue Ohrringe und trug an der linken Hand einen blauen Ring. So hatten die Damen sie mir beschrieben. Als ich mich umdrehte und hinter ihr hersah, registrierte ich, dass sie eine rote Bluse und einen schwarzen Rock trug.

Da ich Fritz nicht finden konnte, ging ich in den Aufenthaltsraum und las Zeitung. Es hatte wieder ein Parteitag stattgefunden. Nun würden bald die Dokumente, die wir kaufen mussten, erscheinen und dann würden wir den Fortschritt entdecken sollen, der aber nirgends zu erkennen war.

Ich las noch nicht lange, als die besagte Dame, die Veronika hieß und Vera gerufen wurde, in den Raum trat. Sie hatte das Haar hochgesteckt. Obwohl der Raum besetzt war, postierte sie sich so, dass ich sie gut sehen konnte. Mir wurde das zu lästig und ich zog mich auf mein Zimmer zurück.

Als ich in das Billardzimmer ging, dauerte es nicht lange und ich bemerkte sie wieder. Sie hatte sich natürlich umgezogen und erschien in einem anderem Kleid, das von oben bis unten zu knöpfen war, eigentlich sehr aufregend für einen Mann, weil das sehr praktisch ist. Vielleicht hatte sie auch weiter nichts darunter, denn die Temperatur hätte das durchaus zugelassen. Sie hatte auch eine annehmbare Figur und hübsche Beine. „Konzentriere dich doch mal auf unser Spiel“, meinte plötzlich mein Mitspieler, als ich bereits das dritte Mal verloren hatte.

„Es ist wohl nicht mein Tag“, brummte ich.

„Es ist Zeit für das Abendbrot“, meinte er dann.

Wir stellten die Queues in den Schrank und gingen zum Abendbrot. Das Buffet war wenig abwechslungsreich und die Stimmung bei Tisch auch ziemlich trübe, so dass die Tafel sich einsilbig auflöste.

Meine Tischnachbarin, Frau Schmitt, die sich, wie unschwer zu bemerken war, besonders sorgfältig geschminkt hatte, zog mich sanft beiseite. „Die auch noch“, schoss es mir in den Sinn. Eigentlich hatte ich für heute genug.

Als wir alleine waren, kam sie ganz dicht heran. Sie duftete wie eine Rose, doch nun hatte ich ihr Gesicht direkt vor mir und das verscheuchte sofort den Rosenduft, aber der war wohl auch nicht für mich gedacht.

Wer wusste schon, wer und ob überhaupt jemand betört werden wollte? Oftmals hatte ich festgestellt, dass Frauen sich für sich selbst schmückten oder dafür, Rivalinnen auszustechen. Wir Männer sollten uns nicht einbilden, dass sie es für uns taten. Sie wollten halt bewundert werden.

Wenn Männer sie bewunderten und andere Frauen sie neidisch anschauten, das stärkte ihr Ego ungemein. Ich hatte das erst ziemlich spät erkannt und zuvor oft falsche Schlüsse gezogen.

Frau Schmitt erzählte mir unter dem Mantel der Verschwiegenheit, dass die Sekretärin abreisen werde, wenn ich mich ihr nicht widmen würde.

Ich war eigentlich nie ein Kind von Traurigkeit gewesen und konnte auch nicht sagen, dass die Sekretärin kein angenehmes Äußeres gehabt hätte, aber ich war verheiratet und hatte kein Interesse an einer Scheidung.

Meine diversen Erfahrungen hatten mir ein Gespür dafür verliehen, ob es sich um ein Abenteuer oder um mehr handelte.

Hier spürte ich ganz deutlich, dass sie für ihre vier Kinder einen Vater suchte.

„Dann soll sie abreisen“, sagte ich zu Frau Schmitt und ging hinaus in den Park. Ein frischer Wind kam vom See herüber. Er besserte meine Stimmung wesentlich auf. Ich ging zu den Anglern. „Petri Heil, na beißen sie?“, begrüßte ich sie.

Ein paar Plötzen, die sie auch als Rotaugen bezeichneten, waren im Setzkescher, das war alles. Ich ging noch ein Stück des Weges am See entlang, das tat mir wirklich gut. Wir waren nun schon einige Tage hier. Ich merkte, dass mein heruntergekommenes Nervenkostüm sich langsam regenerierte.

Am deutlichsten zeigte sich das daran, dass sich meine Lust auf Sex, die an der Trasse durch Überlastung ziemlich ausgeblendet gewesen war, merklich zunahm.

Die schönsten Frauen hier waren aber schon besetzt.

Ich hatte natürlich überhaupt kein Interesse an etwas Festem, denn das hatte ich ja zu Hause. Andererseits war ich nicht der Mann, auf den die Frauen flogen, denn durch mein Äußeres konnte ich kaum bestechen, da ich nicht groß genug war. Sicher hatte ich auch meine Tricks, um an eine Frau heranzukommen. Hatte ich sie erstmal mit Worten eingesponnenen, klappte das schon. Manchmal war es dann, wenn ich ihrer überdrüssig wurde, was meist bald der Fall war, schwierig, sie wieder loszuwerden.

Meine schlimmsten Feinde waren neidische Frauen, die ich in irgendeiner Weise ablehnte oder deren Begierde ich, aus welchen Gründen auch immer, nicht bemerkte.

Sie steckten meine Verfehlungen sofort meiner Frau zu, die es zumeist ohnehin schon an meinem Verhalten bemerkt hatte, dass irgendetwas im Busch war. Frauen haben dafür ja einen siebten Sinn.

Plötzlich stand ich vor einer Kuh. Sie hatte den Lappen schon weit herausgefahren. Ich konnte im letzten Moment noch einen Schritt zurückmachen, was sie mit einem ärgerlichen „Muh“ quittierte.

Ich kraulte sie am Hals, was ihr gefiel und sie versöhnte.

Als ich wieder zurückging, wurde es schon dämmerig.

Da sah ich den Angler herumhopsen und winken. Ich rannte zu ihm.

Der Anblick war köstlich. Er hatte einen Aal herausgezogen, der im Gras lag und versuchte, wieder ins Wasser zu kommen.

Es ist eigenartig, dass die Fische die Richtung zum Wasser instinktiv finden. Na ja, es ist ja auch das Element, in dem sie leben. Der Angler rief schon von weitem, ob ich ihm nicht helfen könne. Er war schon sichtlich erschöpft, denn der Aal war kein kleiner. Ich nahm ein Handtuch, das auf dem Rucksack lag, und hielt den Fisch damit fest, immer darauf bedacht, dass der Aal mich nicht erreichen konnte, denn sonst hätte ich mich mit dem Schleim total besudelt. Dann hinein in den Setzkescher!

Die Sekretärin war natürlich nicht abgereist. Ich sah sie eines Tages Arm in Arm mit einem ziemlich korpulenten Herrn mit Glatze. Wegen der Überzahl an Männern hatten Frauen, die jemanden suchten, gute Chancen. Ich war also erlöst, was mich sehr beruhigte.

Es war immer noch kühl und außerhalb des Sanatoriums gab es keinerlei Abwechslungen. Wir hatten auch wenig Zeit dafür, denn wir wurden mit Ausnahme der Mittagspause den ganzen Tag beschäftigt.

Sonntags wandelte sich alles, denn da kamen viele Angehörige zu Besuch. Die Kurschatten lösten sich voneinander. Die meisten fanden am Montag wieder zusammen, aber es wurden auch einige frei.

Ich saß mit Fritz, der auch keinen Anhang hatte, manchmal in der Milchbar. Durch die Glaswände konnten wir das Treiben auf den Korridoren gut beobachten. Nun will ich natürlich keineswegs behaupten, dass alle Verbandlungen etwas mit Sex zu tun hatten, aber wie es nun so mal unter Männern so ist: Natürlich tönten einige laut, wen sie umgelegt hatten. Ich fand so etwas geschmacklos. Der Kavalier genießt und schweigt.

Die heutige Untersuchung hatte ergeben, dass bei mir alles wieder im Lot war.

Ich fühlte mich auch wieder gut und konnte durchschlafen.

An der Trasse war ich nachts viele Male aufgewacht und hatte dann lange nicht wieder einschlafen können. Nächste Woche würde es nach Hause gehen und ich freute mich schon darauf.

Meine Frau holte mich in Berlin ab. Ich drückte sie ganz fest, denn ich hatte mich schon nach ihr gesehnt.

Am Haus gab es viel zu tun. Eine lange Liste lag auf dem Tisch.

Da es das meiste Material nicht zu kaufen gab, mussten die alten Beziehungen aufgefrischt werden. Irgendwie klappte das schon, man hatte ja jahrelange Erfahrung. Auf der Arbeitsstelle hatte sich auch nichts geändert, wir mussten an allen Ecken und Enden improvisieren.

Wie das aussah? Nun, man musste eben etwas mitbringen, wenn man etwas haben wollte. Eigentlich schafften wir das immer, aber normal war dieser Tauschhandel eigentlich nicht. Wir hatten nun schon den real existierenden Sozialismus und alle Pläne wurden (auf dem Papier) erfüllt, aber einen Sack Zement zu bekommen, das war, wenn man keine Beziehungen hatte, reiner Zufall. Das führte natürlich auch dazu, dass Materialien gekauft wurde obwohl man sie eigentlich gerade gar nicht benötigte. So erzählte mir gestern ein Kollege, dass er 20 Sack Zement eingelagert habe. Auf meine Frage, wie lange er sie schon habe, meinte er, er habe sie vor einem Jahr erworben und wolle nächstes Jahr seinen Hof betonieren.

Als ich bemerkte, dass der Zement längst verdorben sei, wollte er mir das nicht glauben. Er habe den Zement in Fässern trocken aufbewahrt und er sei noch ganz puderig. Eine Probe ergab jedoch, dass der Zement unbrauchbar war.

Meine Frau und ich hatten bereits zwei Kinder, als wir immer noch bei den Schwiegereltern in einer Zweizimmerwohnung wohnten. Alle Bitten beim Wohnungsamt stießen auf taube Ohren.

Mein Chef versuchte es auch, aber ohne Ergebnis. Wir ließen uns bei einen bekannten Sattler eine breite Couch anfertigen. Die war ausziehbar und so konnten wir darauf schlafen. Eine Kollegin von mir hatte innerhalb von drei Monaten drei verschiedene Wohnungen. Sie war wohl für die Stasi tätig. Ich aber wollte keine Kollegen bespitzeln und verzichtete auf das Geld, das andere für so etwas bekamen. Da wir deshalb keine Chance auf eine Wohnung hatten, beschloss ich, selbst ein Haus zu bauen.

Die Baugenehmigung wurde wegen Baumaterialknappheit abgelehnt.

Ich kaufte von einem Bauer eine Parzelle, 2.000 Quadratmeter. Ich hob die Gräben für die Fundamente aus, mein Schwiegervater half mir dabei. Alexander, unser Enkel, kam neulich bei Oma und Opa an.Sein Vater hatte ihn angebracht, schon von weitem hörte ich ihn lachen. Bei Oma und Opa am Rande der Stadt hatte er immer seine Freude. Er konnte es kaum erwarten zu spielen – ob im Zimmer oder im Garten. Er hatte einen Dickkopf und war sauer, wenn man nicht machte, was er wollte. Die Lippe klappte dann gleich nach unten, er fiel auf den Teppich und wartete, ob ihn nicht endlich jemand bedauern würde. Dann wieder raus in den Garten, wo die Käfer warteten. Aus war es mit dem Quengeln und dort konnte er ohne Aufsicht spielen. Der Kipper war mit Spielzeug voll, die Karre rollt fast von allein, wie toll! Und wenn der Opa schippte, war es für ihn ein Genuss und er musste an gleicher Stelle auch schippen. Die Karre führt er so, dass man dachte, sie sei von Geisterhand gelenkt. Der Beton war frisch und noch sehr weich, da durfte man nicht draufsteigen. Das begriff der Nana (Alexander) gleich.

Zur Mittagszeit hielt Oma hat das Essen bereit. Gemüse? Nein, das mochte Alexander nicht, aber auf Nudeln war er erpicht. Der Mittagsschlaf tat ihm sehr gut, danach packte ihn der Übermut.

Die Teppichstange wurde zum Reck und manchmal flog er auch in den Dreck.

Jetzt half er Oma mit dem Schlauch und holte sich einen nassen Bauch.

Das Wasser hatte es ihm angetan, da ging er so gerne ran. Nun wurde es schon dunkel, nass und kalt, doch das hielt ihn nicht auf. Er probierte sich an Steinen und waren die noch so groß. Der Opa musste helfen, nur so ging es. Doch nun war es Zeit, wir mussten alle ins Haus. Alexander war auch bereit und zog die Gummistiefel aus. Im Nu war er im Zimmer und lief flink auf den Fernseher zu. Nanana gefiel ihm gut, also der Sandmann. Der alte Fuchs, die Ente Schnatterinchen und Pittiplatsch gefielen ihm auch. Anschließend ging es ins Bett, das fand er auch ganz nett. Zwei Teddys und drei Kissen, die wollte er nicht missen.

Bald verließ uns der Nana wieder.

„Lass es dir gut gehen, kleiner Mann. Wir hoffen, dass du nie vergisst, dass du bei uns immer gern gesehen bist“, sagte xx. Der Kies wurde angefahren, der Beton wurde von Hand gemischt.

Als drei Viertel der Streifenfundamente fertig waren, ging mir der Zement aus. Stattdessen gab es jetzt Mischbinder. Der härtete aber nicht ab und ich musste alles wieder herausschippen.

Bei mir arbeitete ein Kollege mit guten Beziehungen, so bekam ich 40.000 Mauerziegel. Als Kalk gab es Karbietkalk. Mit viel Mühe und guten Beziehungen wurde die Haushälfte fertig.

Während des Bauens hatte ich, wenn ein Auto auf der Straße vorbeifuhr, immer große Angst gehabt, dass ein

Kontrolleur kommen würde, denn es war ja ein Schwarzbau und Schwarzbauten wurden abgerissen.

Drei Jahre später, wir hatten inzwischen vier Kinder und es wurde sehr eng, ließ mir von einem Architekten eine Zeichnung für ein ganzes Haus machen. Ich ging zum Amt und sagte, ich hätte ein halbes Haus erworben und würde es ausbauen wollen. Dann legte ich die Zeichnung des Architekten vor. Ich bekam die Baugenehmigung, jedoch keine Materialzuweisung. Aber mit viel Mühe und dem Einsatz der ganzen Familie wurde auch der Ausbau geschafft. Die zweite Hälfte wurde unterkellert.

In den Urlaub fuhren wir zumeist in die Tschechoslowakei, später auf Einladung nach Ungarn. Der Geldumtausch war begrenzt, so mussten Lebensmittel weitestgehend mitgenommen werden.

Die Grenzkontrollen waren, obwohl wir zum Brudervolk reisten, oft schikanös.

Aber es gab auch hier Möglichkeiten, bei Bekannten oder in den Hotels schwarz Geld umzutauschen, was natürlich streng verboten war. Wer sich erwischen ließ, bekam Reiseverbot.

In Prag konnte man, wenn man Glück hatte, sogar manchmal Bananen kaufen. Das war natürlich für die Kinder ein Freudenfest, denn die gab es bei uns höchstens mal zu Weihnachten und dann waren sie rationiert.

Die goldene Stadt Prag musste man sich erarbeiten, um erkennen zu können, warum sie so hieß.

Es gab viele historische Gebäude an verschiedenen Plätzen der Stadt. Wir mochten Prag auch wegen des gepflegten Bieres. Die Kronen waren leider immer knapp, das lag, wie gesagt, nicht an unserem Verdienst, sondern daran, dass wir nur eine bestimmte Summe umtauschen durften.

Mit Hilfe betrieblicher Kontakte knüpften wir Bekanntschaften. Bettwäsche und Gardinen waren in Prag sehr beliebt und es entstand ein kleiner Handel.

Wenn man einen vertrauenswürdigen Bekannten hatte, der im Hotel arbeitete, dann besaß man ohnehin gute Karten, denn unter dem Tresen an der Rezeption lagen immer Kuverts, die für den Umtausch vorgesehen waren. Die Tschechen konnten ebenfalls nur begrenzt umtauschen und die Ostseeküste war ihr beliebtestes Urlaubsziel.

Man musste aber immer überlegen, mit wem man sich bei solchen Transaktionen einließ, denn die Stasi hatte ein wachsames Auge.

Eines Tages entdeckten wir auf dem Wenzelsplatz Spezialitätenrestaurants. Mal sehen, ob wir da irgendwie reinkommen würden. Ja, wenn man ein paar Westmark hätte, wäre das kein Problem, aber mit MDN (Mark der Deutschen Notenbank) konnte man nichts bewerkstelligen.

Das Problem war nur das Reinkommen, denn im Restaurant konnte man mit Kronen bezahlen und die hatten wir noch in Reserve.

Wir probierten es zuerst beim Chinesen.

Eine Traube von Menschen wartete schon um 18 Uhr vor dem Lokal, obwohl es erst um 20 Uhr öffnete.

Dann ging es los, aber die Schlange verkürzte sich

nur langsam, weil immer wieder Devisenbringer kamen, die natürlich Vorrang hatten.

Ein Handgeld am Eingang und schon ging es hinein. Wir hatten Glück. Nachdem wir drin waren, wurde die Tür geschlossen. Sie würde erst wieder öffnen, wenn die Ersten gegangen sein würden – und das konnte dauern. Darauf zu warten, hätte keinen Zweck gehabt.

Wir bestellten zwei Suppen, ein scharfes und ein süßsaures Gericht.

Nun schauten wir uns erst mal das Ambiente an.

Bunte Drachen mit Angst einflößenden Gesichtern, bunte Ballons, bunte Fächer sowie Stühle und Tische aus dunklem Holz.

Der Kellner, ein Chinese, sprach perfekt Deutsch.

Zuerst kamen zwei halbe Liter Bier.

Mit der Suppe, die wir aus kleinen Porzellanschüsseln mit eigenartig geformten Porzellanlöffeln aßen, ließen wir uns viel Zeit, um das Ambiente zu genießen.

Wir, meine Frau und ich, saßen allein an einem Tisch. Die Tische für zwei waren an der Wand aufgereiht. Durch einen breiten Gang von uns getrennt, standen Tische für jeweils sechs Gäste. Der Raum war ziemlich niedrig, fast wie ein Keller, obwohl ebenerdig. Die Gaststätte war nur am Abend geöffnet, denn nur dann entwickelte sie ihren Charme, denn es fehlte ihr an Tageslicht. Es gab lediglich zwei kleine Fenster zur Straße hin.

Jetzt brachte der Kellner den Hauptgang: zwei große Portionen und Stäbchen. Wir hatten schon zu den anderen Gästen hinübergeschielt, wie sie mit den Stäbchen umgingen, und in Gedanken geübt.

Das Gericht war ja mundgerecht zubereitet, zum Schneiden gab es nichts.

Der Klebereis war leicht zu schaufeln. Wie mit einer Pinzette versuchten wir, die anderen Bestandteile des Essens, von denen man außer dem Fleisch nichts erkennen konnte, zu fassen. Mit der Zeit ging das immer besser. Es war ein sehr schmackhaftes Essen, wir waren happy.

Im xx fand die Frühjahresmesse in Leipzig stattfinden. Die Prostituierten, die es offiziell eigentlich gar nicht gab, zogen dafür von Berlin nach Leipzig um, denn es galt, Devisen zu verdienen.

Ich suchte Bürotechnik, Schreib- und Rechenmaschinen, Buchungs-Automaten sowie Fakturiermaschinen. Bei Sömmerda waren sie zu sehen. Verkauf aber nur gegen Devisen. Also wieder nichts.

Im Untergrund-Messehaus zeigte man Lebensmittel, die bei uns produziert wurden, aber nur für den Export bestimmt waren. Unsere Brüder und Schwestern im Westen würden sich daran erfreuen können.

Allerdings konnten wir diese Dinge in Berlin in Läden, die im Volksmund als „Ulbrichts Wucherbuden“ bezeichnet wurden, zu für uns kaum erschwinglichen Preisen kaufen.

Bei diesen Waren war man sich über ihre Herkunft überhaupt nicht sicher, denn Etiketten konnte man ja in beliebiger Form drucken und beschriften.

Ansonsten standen uns für den Einkauf von Lebensmitteln, wie schon gesagt, die HO (Handelsorganisation) und der Konsum zur Verfügung. Wir waren auch Mitglied in der Konsumgenossenschaft und bekamen am Jahresende eine Ausschüttung entsprechend unserem Umsatz. Dafür mussten wir das ganze Jahr Marken kleben.Meine Mutter hatte mir immer wieder erzählt, dass ich 16 Schrippen auf einmal gegessen hatte, als das erste HO-Geschäft eröffnet und die Marken abgeschafft worden waren.

Als 1961 Die Grenze nach Westberlin geschlossen wurde, obwohl Ulbricht im Rundfunk verkündet hatte, dass dies niemals geschehen würde und die entsprechende Behauptung des Westens eine Lüge sei, kamen bei mir gemischte Gefühle auf, weil ich die Tragweite dieser Maßnahme nicht übersehen konnte, wie mir erst im Nachhinein klarwurde.

Tausende flohen in den Westen.

Der warnte im RIAS, wir sollten doch lieber im Osten bleiben.

Einerseits war ich froh, dass die Grenze geschlossen wurde, weil die Bürger, die aus Westberlin kamen, bei uns im Osten, wie schon erwähnt, aufgrund des Wechselkurses spottbillig einkaufen konnten und wir uns im Westen immer weniger leisten konnten.

Für das Stück Butter zahlten sie nur 50 Pfennig.Über eine Flucht in den Westen dachte ich eigentlich nie nach, obwohl ich nicht alles glaubte, was man uns so eingebläut hatte.Wie Karl Marx den Kapitalismus analysiert hatte, das leuchtete mir schon ein, was die sogenannten Klassiker daraus gemacht hatten, konnte ich eigentlich nicht so richtig nachvollziehen.

Da ich mit der Politik der SED immer mehr kollidierte, beantragte ich 1988 den Austritt aus der SED, in den Statuten war das eigentlich nicht vorgesehen. Mein Antrag wurde abgelehnt und es gab eine Aussprache. Ich war jedoch nicht einsichtig, so wurde ich wegen parteischädigenden Verhaltens ausgeschlossen, was mir auch recht war.

Unser großer Kater sprang mir auf den Schoss und ich wachte auf.

Jahre später kam die Wende. Sie kam ganz plötzlich. Niemand hatte damit gerechnet und keiner wusste so recht, wodurch sie ausgelöst worden war. Helmut Kohl versprach blühende Landschaften, aber zunächst hatten wir ein Chaos.

Alle wollten so schnell wie möglich das Westgeld, die D-Mark, was auch verständlich war, denn mit dieser Währung konnte man auch in der DDR alles bekommen und vieles machen.

Gut standen sich die, die freigiebige Verwandte im Westen hatten, was bei uns leider nicht der Fall war.

Leider vollzog sich der Übergang viel zu schnell. Der Entwicklung in den beiden Teilen Deutschlands wurde in keiner Weise Rechnung getragen.

Das Rechtssystem der Bundesrepublik wurde uns übergestülpt. Die ehemaligen Stasi-Mitarbeiter wurden für ihre Missetaten nicht zu Rechenschaft gezogen. Es gab eine Reihe von Prozessen, aber von einer Verurteilung vernahm ich nie etwas.

Meine Stasiakte umfasste mehrere hundert Seiten, von denen ich nur ein Bruchteil einsehen durfte. Begründung: Es könnten Dritte geschädigt werden.

Das verstand ich nicht. Wir alle, die wir unsere Akten einsehen wollten, saßen in einem Raum und etwas erhöht saß ein Aufpasser.

Wenn wir mal lachen mussten über etwas, das die Stasi ermittelt hatte, wurden wir sofort ermahnt.

Man schuf keine Verfassung, das Grundgesetz galt und gilt weiter Polikliniken wurden nicht übernommen, aber später in ähnlicher Struktur als Gesundheitszentren aufgebaut. Kinderkrippen waren zuerst verpönt, aber nun gibt es sie wieder.

Sicher ist es besser, wenn die Mutter bei den Kindern zu Hause bleibt. Aber in der DDR war ein Gehalt zu wenig, um die Familie zu ernähren, etwas zu schaffen und auch mal in den Urlaub fahren zu können. Da mussten beide ran.

Die Treuhand machte die Betriebe nieder, sie waren aus westlicher Sicht alle marode, obwohl in einer Reihe von Betrieben jahrzehntelang Waren für die Bundesrepublik hergestellt worden waren. Die waren ja auf der Leipziger Messe im Untergrund-Messehaus zur Schau gestellt worden.

Sicher gab es auch tatsächlich marode Betriebe. Wenn man auf der Autobahn fuhr, erkannte man an dem Gestank sofort, wenn man in die Nähe der Leunawerke kam.

Die Mitarbeiter der Treuhand wurden sofort immunisiert. Taten sie etwas, das rechtlich nicht in Ordnung war, konnten sie nicht zur Rechenschaft gezogen werden. Auf der Leitungsebene traf ich eigentlich nur Mitarbeiter aus dem Westen an.

Das war natürlich ein bequemes und risikofreies Arbeiten und so

wurden die Immobilien oft unter dem eigentlich Wert veräußert.

Ich baute eine Verbandsgemeinde auf und hatte natürlich auch einigen Nutzen davon.

Es wurde Bauland erworben, vermessen, parzelliert und Investoren angeboten. Natürlich war der Verkauf mit Auflagen verbunden.

Die zum Abriss vorgesehenen Betriebe waren zum großen Teil marode oder eine Konkurrenz für den Westen.

Abgerissen wurden sie in der Regel von ABM-Kräften, also Menschen in Arbeitsbeschaffungsmaßnahmen.

Die intakten Betriebe bekamen Interessenten aus dem Westen für sehr wenig Geld. Ich kann das natürlich nur für meinen Wirkungskreis und meine Zusammenarbeit mit der Treuhand sagen.

Obwohl sie diese Werte geschaffen hatten, konnten DDR-Bürger in der Regel keinen Betrieb übernehmen. Es sei denn, sie waren halbstaatlich geworden und gingen wieder an den Besitzer zurück, was ich auch richtig fand, oder der Bürger war in Westen geflüchtet und kam wieder zurück.

Der Betrieb, in dem ich arbeitete, wurde auch liquidiert.

Ich hatte Glück, denn ich konnte, wie oben schon erwähnt, eine Verbandsgemeinde mit aufbauen und war bis zur Rente als Hauptamtsleiter dort tätig.

Dass schönste Geschenk im Zusammenhang mit der Wiedervereinigung war für uns die Reisefreiheit, die wir ausgiebig nutzen. Wir fuhren zum Beispiel bald nach der Wende mit dem Zug nach Prag. Das Hotel buchten wir im Reisebüro, wussten aber nicht, wie wir dort hinkommen sollten. Wir wollten am Bahnhof fragen, aber niemand wollte mit uns Deutsch sprechen. Das befremdete uns sehr. Zu DDR-Zeiten hatten wir uns zumeist in unserer Sprache verständigen können.

Ich versuchte es mit Englisch, aber das verstand offensichtlich niemand.

So stiegen wir in die Straßenbahn und fuhren los. Als wir uns dem Stadtzentrum näherten, fasste ich den Beschluss, einen Fahrgast nach dem Weg zum Hotel zu fragen.I ch hatte Glück, er sprach Deutsch und meinte, er würde uns Bescheid sagen, wenn wir aussteigen müssten – und so geschah es auch.

Im Hotel, es war ein Holiday Inn, sprach natürlich auch niemand mit uns Deutsch. Ich hatte den Eindruck, sie wollten oder durften es nicht. Mit ein wenig Englisch kamen wir zurecht.

Bei der Stadtrundfahrt sprach man Deutsch.

Wir hatten mit einer Sowjetischen Einheit freundschaftliche Beziehungen. Das war ein Nehmen und Geben. Wir machten mit den Offizieren und ihren Frauen Tagesausflüge und sie schickten uns Soldaten, wenn wir sie zu anstehenden Arbeiten benötigten.

Ich machte den Dolmetscher.

Nachwort

Ich habe versucht, einiges aus meinem Leben aufzuschreiben.

Das Buch ist natürlich nur ein Abriss und ungeordnet. Alles, was ich mitteile, habe ich so in Erinnerung. Zum Teil habe ich die Geschehnisse in Form eines Traums erzählt, weil ich ihre zeitliche Abfolge nicht mehr so ganz genau zusammenbekomme. Manches war auch tatsächlich Traum, es liegt ja auch schon viele Jahre zurück.